THE QUEEN OF CRIME
繁體中文版 20 週年 紀念珍藏

弄假成真

阿嘉莎・克莉絲蒂——著

曾胡——譯

Dead Man's Folly

通俗是一種功力

吳念真（導演、作家）

通俗是一種功力。絕對自覺的通俗更是一種絕對的功力。

這樣的話從我這種俗氣的人的嘴巴說出來，大概很多人要笑破褲底了。不過，笑完之後請容我稍稍申訴。這申訴說得或許會比較長一點，以及，通俗一點。

小時候身材很爛，各種遊戲競爭完全任人宰割，唯一隱遁逃避的方法是躲起來看書或聽大人瞎掰。那年頭窮鄉僻壤的小孩能看的書不多，小學二年級時最喜歡的是超大本的《文壇》，老師借的。看著看著，某天老師發現我的造句竟出現：「捧著：朝陽捧著一臉笑顏為群山剪綵」這樣亂七八糟的文字，就拒絕再讓我看那些超齡的東西了。

老師的書不給看，我開始抓大人的書看。一種是厚得跟磚塊一樣的日文書，對我來說那完全是天書，但插圖好看，經常有限制級的素描。另一種書是比較薄的，通常藏得很嚴密，只是裡面有太多專有名詞、重複的單字和毫無限制的標點，比如「啊啊啊」、「……！！！」

老讓我百思不解。有一天，充滿求知欲地詢問大人竟然換來一巴掌後，那種閱讀的機會和樂趣也隨著消失了。

所幸這些閱讀的失落感，很快從大人的龍門陣中重新得到養分。講到這裡，我似乎先得跟一個村中長輩游條春先生致敬，並願他在天之靈安息。

我所成長的礦區，幾乎全是為著黃金而從四面八方擁至的冒險型人物，每人幾乎都有一段異於常人的傳奇故事。這些故事當事人說來未必精采，但一透過游條春先生的嘴巴重現，有時連當事人都聽得忘我，甚至涕泗縱橫，彷彿聽的是別人的故事。

條春伯沒當過日本兵，可是他可以綜合一堆台籍日本兵的遭遇，一如連續劇般從入伍、受訓、逃亡荒島，面對同鄉同袍的死亡，並取下他們的骨骸寄望帶回故鄉，乃至骨骸過多搞不清哪是誰的等等，讓聽的人完全隨他的敘述或悲或笑，彷彿跟他一起打了一場太平洋戰爭。此外他也可以把新聞事件說得讓一個三、四年級的小孩，到現在仍記得當時腦中被觸動的畫面。例如當年瑠公圳分屍案的凶手做案之後帶著小孩到安東街吃麵（這讓我一直以為台北的安東街是條專門賣麵的街道），還有甘迺迪總統被暗殺、賈桂琳抱住她先生、安全人員跳上飛快的車子保護賈桂琳……當然，這記憶全來自條春伯的嘴巴而不是報紙。我的記憶全是畫面，有畫面，是因為條春伯說得精采，說得有如親臨他至死都還搞不清地理位置的達拉斯命案現場。

於是這小孩長大後無條件地相信：通俗是一種功力，絕對自覺的通俗更是一種絕對的功力。透過那樣自覺的通俗傳播，即使連大字都不識一個的人，都能得到和高階閱讀者一樣的感動、快樂、共鳴，和所謂的知識、文化自然順暢的接軌。也許就是因為這些活生生的例子，俗氣的自己始終相信：講理念容易講故事難，講人人皆懂、皆能入迷的故事更難，而能隨時把這樣的故事講個不停的人，絕對值得立碑立傳。

條春伯嚴格地說是有自覺的轉述者，至於創作者，我的心目中有兩個。一個是日本導演山田洋次，一個是推理小說家阿嘉莎．克莉絲蒂。

山田洋次創造了寅次郎這個集合所有男人優點跟缺點的角色，在以《男人真命苦》為名的系列下，總共完成百部左右的電影。它們的敘述風格、開頭、結尾的方法不變，唯一改變的是故事，是時代，是遍歷日本小鄉小鎮的場景。數十年來，看《男人真命苦》幾已成為日本人每年的一種儀式，一如新春的神社參拜。

數十年前訪問過山田導演，他說，當他發現電影已然有它被期待的性格時，電影已經不是導演自己的。他說：當所有人都感動於美人魚的歌聲時，你願意為了讓她擁有跟你一樣的腳，而讓她失去人間少有的嗓音嗎？

人間少有的嗓音與動人的歌聲，都來自山田導演絕對自覺的通俗創造。

再如阿嘉莎．克莉絲蒂，如果我們光拿出她說過的故事和聽過她故事的人口數字，就足以嚇死你。五十多年的寫作生涯，她總共寫出六十六本長篇推理小說，外加一百多篇短篇小說和劇本。其中有二十六本推理小說被改編，拍了四十多部電影和電視劇集。作品被翻譯成一百零三種文字的版本，銷量超過二十億本。

夠了。你還想知道什麼？知道二十億本的意義是什麼嗎？二十億本的意義是全世界平均三個人就有一個人讀過她的書，聽過她說的故事。

說來巧合，她和山田洋次一樣，創造出個性鮮明的固定主角（當然，前前後後她弄出來好幾個），然後由他（或是她）帶引我們走進一個犯罪現場，追尋真正的罪犯。

故事就這樣？沒錯，應該說這是通常的架構。那你要我看什麼？不急，真的不急，克莉絲蒂會慢慢冒出一堆足夠讓你疑惑、驚嚇、意外，甚至滿足你的想像力、考驗你的耐心和智商的事件來。

推理小說不都是這樣嗎？你說得沒錯，大部分是這樣，不一樣的是……對了，她像條春伯，像山田洋次，她真會說，而且她用文字說。

文字的敘述可以讓全世界幾代的人「聽」得過癮、「聽」個不停，除了聖經，也許就是克莉絲蒂。她不是神，但她真的夠神。

數十年前，台灣剛剛出現她的推理系列中譯本，那時是我結婚前，常有同齡的文藝青年來我租住的地方借宿，瞄到我在看克莉絲蒂，表情詭異地說：「啊？你在看三毛促銷的這個喔？」

我只記得他抓了一本進廁所，清晨四點多，他敲開我的房門說：「幹，我實在很討厭那個白羅……再拿一本來看看，我跟你說真的，要不是你的書，我真的很想把那個矮儸壓到馬桶吃屎！」

我知道他毀了，愛吃又假客氣，撐著尊嚴騙自己。克莉絲蒂再度優雅地撕破一個高貴的知識份子的假面具，她的手法簡單，那手法叫通俗，絕對自覺的通俗，無與倫比、無法招架的功力。

昔日的文藝青年如今跟我一樣，已然老去，但不時還會看到他寫一些充滿理念和使命感極重的文章，在報紙和雜誌上出現。我知道他要說什麼，只是常常疑惑他想跟誰說；同樣，我記得他說過什麼，但轉眼間忘記他說了什麼。但請原諒我，幾十年前那個晚上，他在我家看完的那兩本克莉絲蒂的小說內容，我可還記得清清楚楚。

也許有一天再遇到他的時候，我會問他之後是否還看過克莉絲蒂其他的書，如果沒有，我會跟他說，想讀要趁早，因為你會老、會來不及。至於白羅那個矮儸，大概永遠不會消失。哦，對了，還有一個叫瑪波，你說不定會來不及認識……

老派偵探之必要

冬陽（推理評論人，台灣推理作家協會理事長）

「讀者非常喜歡白羅這個人物，表示『那個開朗的小個子，過氣的比利時名偵探』。顯然白羅是這本小說受歡迎的一個原因，雖然白羅可能不贊同用『過氣』二字來形容他。」知名編輯兼作家經紀人約翰．柯倫（John Curran）在《阿嘉莎．克莉絲蒂的秘密筆記》一書如是說，文中提到的「這本小說」，正是克莉絲蒂初試啼聲、名偵探赫丘勒．白羅優雅登場的《史岱爾莊謀殺案》，一部於一個世紀前出版的偵探推理作品。

百年光陰的淬鍊顯然證明了白羅絕無過氣的疲態，連帶讓我聯想起電影《金牌特務》（*Kingsman*）上映後，大眾熱議西裝如何能帥氣俊挺歷久不衰——或許可以從這個切入角度，在這裡跟老書迷、新讀友探究這個蛋頭翹鬍子偵探（我沒有影射哪款洋芋片食品喔）的魅力所在。

且讓我們話說從頭。

「我敢打賭你寫不出好的推理小說。」一九一六年，阿嘉莎・米勒（克莉絲蒂婚前的舊姓）在媽媽的打字機上敲擊，打算回應姐姐梅姬這挑釁的話語。她努力嘗試，但故事寫得不好，於是改從身旁熟悉的事物著手——比方說毒藥。阿嘉莎在藥房工作過，曾在某個夜裡驚醒，匆匆回到調劑室重新配置，因為她不記得有沒有漏做一個重要步驟，否則病患就要去見閻王了——噢，這似乎是個謀殺好點子。

阿嘉莎還記得姨婆對她的叮嚀：要注意他人覬覦她珍藏的首飾，時時留意是不是有人偷偷拉長了耳朵聽她們的竊竊私語。小阿嘉莎不但執行得徹底，還把這個習慣寫進小說裡。同時她還注意到，因為世界大戰爆發，家鄉托基湧入許多比利時難民，不如讓一個逃難到英國的比利時退休警官擔任偵探？一定很有趣！

啊，偵探小說顧名思義，只要塑造出一個教人印象深刻的偵探，大概就成功一半。這個人物必須要有特色、有個性，甚至是怪癖，而且聰明又自負。好幾個名字浮現在她腦海裡：莫里斯・盧布朗（Maurice Leblanc）筆下的怪盜紳士亞森・羅蘋、卡斯頓・勒胡（Gaston Leroux）創造的新聞記者胡爾達必，當然還有那最最知名的夏洛克・福爾摩斯——連帶創造一個華生型的助手好了。該怎麼安排呢……

於是，一位偵探的樣貌漸漸成形：五呎四吋的小個兒，蛋型臉上蓄著保養得宜、梳理有型的鬍子，衣著一塵不染，漆皮鞋擦得錚亮。他有嚴重的潔癖，說話不時夾雜法語，喜歡成雙成對的東西，喜歡方的不喜歡圓的（雞蛋為什麼不是方的呢？），口頭禪是「動動灰色的腦細胞」。阿嘉莎心想，他應該要有個像福爾摩斯一樣響亮的名字，取名「赫丘勒斯」怎麼樣？希臘神話中的大力士。姓氏叫白羅，不過搭赫丘勒斯這個名字好像不配……改一下，赫丘勒·白羅好像不錯？就這麼定了吧！

白羅很聰明，懂得觀察入微沒錯，但這並不表示他就得是台獨尊腦袋、缺乏情感的冰冷思考機器，尤其要在人物關係錯綜複雜的莊園宅邸查案追凶，交際手腕得高明些才行。他不是在謀殺發生、屍體出現後才開始像頭獵犬四處嗅聞，而是憑藉旺盛的好奇心與強烈的同理心接觸各種人事物，進而探入被害者、犯罪者、各個看似無辜但多少都和事件沾上邊的關係者的心靈深處，佐以現今稱作鑑識、法醫等等科學鐵證（哎，證據人人知道，可是要怎麼跟真相合理地連結到一塊，這就是名偵探的功力啦），讓原本叫人束手無策的事件得以畫下完美句點。也因此，白羅偶爾能預測進而制止罪案的發生，甚至對殘酷但值得憐憫的罪行網開一面，這樣才合乎人性不是嗎？

婚後以阿嘉莎·克莉絲蒂為名，推出《史岱爾莊謀殺案》後深獲好評，相隔六年的《羅傑艾克洛命案》更是引發街談巷議，而克莉絲蒂全球暢銷前十大作品中，還包括《東方快車謀殺案》、《尼羅河謀殺案》、《ABC謀殺案》、《藍色列車之謎》、《底牌》、《五隻小豬之歌》，合計八部皆由白羅擔綱演出。讀者不只喜愛這個聰明角色，還臣服於平實流暢的文筆及相對顯得衝突的複雜劇情，冷酷的謀殺動機隱藏在細膩的人際關係裡，穿透看似單純、帶點童話氣息的表象後，端賴名偵探明察秋毫、撥亂反正。尤其讓一個比利時人在英國土地上辦案，是克莉絲蒂的小心思，因為「英國人總是不信任外國人，也不相信睿智」（語出英國偵探俱樂部主席馬丁．愛德華茲〔Martin Edwards〕），讀者同凶手一樣輕忽不設防，卻也得到了參與鬥智競賽的意外驚奇和美好滿足。

這樣的閱讀感受，我稱之為「老派偵探之必要」，因為它純粹簡約，經得起反覆咀嚼，猶如前述的西裝革履，在潮流更迭的時間長河裡維持恆久的優雅風範——呼應吳念真先生寫在「策畫者的話」中的一段文字，那不是惺惺作態的高傲睥睨，而是「絕對自覺的通俗，無與倫比、無法招架的功力」所致。

不信？往下讀去就知道。而且我敢打賭，你有很高的比例會將整個白羅系列嗑完，然後是瑪波小姐系列以及其他系列，當然也不可能錯過像名列暢銷首位的《一個都不留》這類獨立之作……

註　克莉絲蒂推理全集一至三十八冊為「神探白羅系列」，三十九至五十二冊為「神探瑪波系列」，五十三至八十冊包含鬼豔先生、湯米與陶品絲、雷斯上校、巴鬥主任等名探故事。

獻詞

阿嘉莎．克莉絲蒂是世界讀者最眾，也最廣受喜愛的女作家。身為克莉絲蒂的孫兒，我相信奶奶會非常樂見這次出版，因為她極以自己作品中的趣味與娛樂為豪。歡迎所有喜歡本系列的台灣新讀者參與這場饗宴！

——馬修．培察（Mathew Prichard）

01

白羅的祕書、效率高超的萊蒙小姐接起了電話。

她將速記本往旁邊一放，拿起話筒，以平板的語調說道：「特拉法加[1]八一三七號。」

赫丘勒．白羅往後一仰，靠在他那張直背椅閉上雙目。他的手指敲打著桌邊，發出一串輕柔而引人冥思的達達聲，腦子裡依然構思著那封正在口授的信，推敲著段落修辭。

萊蒙小姐用手捂住話筒，低聲問：「你要不要接這個電話？是從德文郡的納塞峽谷打來的。」

白羅皺起眉頭。他對這個地名毫無印象。

1　特拉法加（Trafalgar），位於倫敦市內的一處廣場，是著名的鴿子廣場。

「打電話的人叫什麼名字？」他謹慎地問。

萊蒙小姐對著話筒問了一句。

「是阿爾……雷德嗎？」她以不確定的語氣問道，「噢，是的……請再說一次她的姓氏好嗎？」

她再度轉向赫丘勒．白羅：「是阿蕊登．奧利薇夫人。」

赫丘勒．白羅揚起眉毛。一個身影在他的腦海中浮起：被風吹亂的白髮，鷹一般的側面……他站起身子，接過萊蒙小姐手中的話筒。

「我是赫丘勒．白羅，」他豪邁地報出了自己的姓名。

「你是赫丘勒．白羅本人嗎？」接線生問，聲音透著懷疑。

白羅告訴她，千真萬確就是他本人。

「你和白羅先生可以通話了。」那聲音說道。

尖細的嗓音頓時被聲若雷鳴的女低音所取代，白羅趕緊把話筒挪遠好幾吋。

「白羅先生，真的是你嗎？」奧利薇夫人問。

「正是我本人，夫人。」

「我是奧利薇夫人。我不知道你是不是還記得我……」

「我當然記得你，夫人，有誰能忘得了你呢？」

「噢，有人有時候就會忘記，」奧利薇夫人說，「事實上，別人常常忘記我。我想我並沒有什麼與眾不同的特色。還是因為我的髮型總在換花樣？不過這都無所謂。希望我沒有在你忙得不可開交之際打擾你？」

「沒有，沒有，你一點也沒有打擾我。」

「老天在上，我保證我不是故意要讓你分心。事實是，我需要你。」

「需要我？」

「是的，而且是立刻。你能搭飛機過來嗎？」

「我從來不搭飛機。搭飛機讓我想吐。」

「我也一樣。反正搭飛機不見得會比火車快，因為這附近唯一的機場是在埃克塞特，離此地也有好幾哩路。所以，請坐火車來吧。十二點有一班從派汀頓到納塞峽谷的火車。你可以從容準備。如果我的手錶準確的話，你還有三刻鐘的時間……不過我的錶經常不準。」

「可是，夫人，你現在人在哪裡？這到底是怎麼回事？」

「我在納塞峽谷的納塞莊園。到時候會有一輛轎車或計程車在埃克塞特火車站接你。」

「可是你為什麼需要我呢？這到底是怎麼回事？」白羅以激動的語氣又問了一遍。

「電話總是裝在這麼礙事的地方，」奧利薇夫人說。「我現在這個電話裝在大廳裡，好多人走來走去，大聲交談，我實在聽不清楚。不過我恭候你大駕。大家一定會很興奮的。再見。」

清脆的卡嚓一響，對方掛上了話筒，線路傳來嗡嗡的低鳴聲。

一頭霧水的白羅放下話筒，嘴裡低聲嘟囔著什麼。萊蒙小姐拿著鉛筆坐在那裡，一副毫無所動的模樣。她悶悶地複述著被打斷之前那封口授信的最後一句。

「敬啟者，容我向您保證，您所提出的假設……」

白羅揮揮手，將那個假設一把推開。

「是奧利薇夫人，」他說，「阿蕊登．奧利薇，偵探小說作家。你大概讀過……」他突然收住話頭，因為他想到萊蒙小姐只讀一些能提升自己的書，對這些無聊的偵探小說總是輕蔑視之，認為那些不過是虛構的犯罪。「她要我今天就到德文郡去，立刻就去，在……」他朝掛鐘看了一眼。「三十五分鐘之內。」

萊蒙小姐不以為然地揚起眉毛。

「那你可有得趕了，」她說，「什麼理由呢？」

「問得好！她沒告訴我。」

「真奇怪。為什麼不告訴你呢？」

「因為，」赫丘勒．白羅若有所思地說道，「她怕別人聽到。沒錯，她的意思非常明顯。」

「嗨，真是的，」萊蒙小姐說，老闆的答辯令她惱火。「這些人在想什麼！異想天開，以為你真會為了一些無聊的事匆匆忙忙趕去！你是個大人物耶！我總覺得這些作家和藝術家神經真是不正常，頭腦根本不清醒。要不要我打個電話、發個電報過去？就說『無法離開倫敦，甚感抱歉』？」
她的手伸向電話。白羅的聲音制止了她。
「不要！」他說，「正好相反，麻煩你立刻叫一輛計程車來。」他拉開嗓門叫道：「喬治！拿幾件盥洗用品放到我的小旅行包裡。動作要快，要很快，我得趕火車。」

§

二百一十二哩的路程，火車先是以最高速度駛過了一百八十哩，接著輕輕吐著氣，謝罪似的走完它最後的三十哩，開進了納塞峽谷車站。這一站只有一個人下車，那就是赫丘勒·白羅。他小心翼翼地跨過火車踏板和月台之間的寬縫，四下環視。火車盡頭處，一個搬夫正在行李廂內忙著。白羅提起旅行包，順著月台往回走向出口。他交回車票，穿過售票處，走出車站。
外面停著一輛亨伯大轎車，一個身著制服的司機走上前來。
「赫丘勒·白羅先生嗎？」他彬彬有禮地問道。
他從白羅手中接過旅行包，隨即打開車門。車子經由鐵路陸橋駛出車站，彎進一條鄉村小道。那條小道盤盤繞繞，兩邊盡是高大的樹籬。沒多久，大地朝右後方退去，眼前展現出一幅極其優美的河上風光，遠遠看得到藍霧迷濛的山丘。司機將車子開進樹籬，停了下來。

「先生，這是黑姆河，」他說，「遠處是達穆爾山。」

顯而易見，非得讚美幾句才行。白羅輕聲說道：「太迷人了！」而且連說了好幾遍，算是做了必要的回應。事實上，大自然對他沒什麼吸引力。一個精心栽培、整整齊齊的菜園反倒更可能引起白羅的低迴讚嘆。兩個女孩從汽車旁邊走過，踏著吃力的腳步，慢慢往小山丘上爬。她們背著厚重的登山帆布包，穿著短褲，頭上紮著色澤豔麗的頭巾。

「我們隔鄰就是一家青年招待所，」司機解釋道，他顯然把自己當成了白羅在德文郡的嚮導。「就在胡丹園。以前是富萊奇先生的產業，後來被青年招待所協會買了下來。每到夏天，旅客擠得滿滿的，一個晚上可以住上一百多人呢。但他們規定住宿不得超過兩晚，否則就得挪到他處去住。住客男女都有，多半是外國人。」

白羅心不在焉地點點頭。他心頭想的是（而且不是第一次這麼想）：從背影看去，適合穿短褲的女孩其實寥寥可數。他痛苦地閉上眼睛。為什麼？為什麼年輕女孩要做這等打扮呢？那些紅通通的大腿實在並不雅觀！

「她們背的東西好像挺重的。」他低聲說道。

「沒錯，白羅先生，從火車站或公車站到這裡是一段很費勁的長路。到胡丹園的兩哩路程就數這一段最難走。」他猶豫片刻，接著說道：「如果您不反對，我們載她們一程好嗎？」

「沒問題，當然沒問題。」白羅寬厚地說。

他一個人奢侈地坐著一輛車，而眼前就有兩個被沉重的帆布包壓得氣喘吁吁、汗流浹背、而且一點也不懂得如何打扮吸引異性的女孩。司機將車往前開，在那兩個女孩身邊緩緩停下。兩張汗水淋漓的通紅臉龐滿懷希望地抬了起來。

白羅打開車門，兩個女孩爬進來。

「真是感激不盡，」其中一個帶著外國口音的漂亮女孩說，「這段路比我想像的要長。」另一個女孩的臉蛋被太陽曬成赤銅色，頭巾下隱隱露出幾綹青栗色的鬈髮。她只是點點頭，露出貝齒，以義大利語小聲說了句：「謝謝。」

那個漂亮女孩繼續興高采烈說道：「我到英國來度假兩個星期，我是從荷蘭來的。我很喜歡英國。我已經去過愛文河畔的斯特拉福鎮[2]，參觀了莎士比亞劇場和沃里克城堡[3]。後來我又去了克羅維利，參觀了埃克塞特大教堂和托基，非常漂亮。今天則來到這個美麗的風景勝地，明天我要渡河到普利茅斯去；麥哲倫發現美洲新大陸就是從普利茅斯啟航的。」

「這位小姐，你呢？」

白羅轉向另一個女孩。而她只是笑笑，搖搖她的鬈髮。

「她不大會說英語，」那個荷蘭女孩好心地說，「我們都會說一點法語，所以在火車上

2　斯特拉福鎮（Straford），位於英國倫敦東邊，是莎士比亞的出生地。

3　沃里克城堡（Warwick Castle），英國中部沃里克郡最著名的古堡，建於西元九一〇六八年。

就攀談起來。她是從米蘭附近來的，在英國有個親戚，嫁給一個開雜貨店的人。昨天她和一個朋友來到埃克塞特，可是她的朋友吃了商店買來壞掉的小牛肉火腿派，就病倒在那裡了。大熱天吃小牛肉火腿派不好。」

這時候，司機緩緩將車停在一個岔道口旁。兩個女孩跳下車，用兩種語言向他道謝後，順著左邊那條路走了。司機將他那奧林匹斯山神似的冷漠暫時撇到一邊，感慨系之地對白羅說：「豈止是小牛肉火腿派，康沃爾這地方的糕點，你吃的時候都得小心注意。到了假日一忙，他們什麼都往裡頭放！」

他再度發動汽車，朝右邊那條路開去。未久，車子便鑽進一片濃密的樹林。他為胡丹園青年招待所的住客做最後的論斷。

「那家招待所有些年輕小姐非常漂亮，」他說，「可是要讓她們明白什麼叫作未經許可私闖民宅，那可真不容易。她們擅闖私宅相當明目張膽，真令人吃驚。她們好像完全不知道這是一位紳士的『私人』住所，一天到晚穿過我們的樹林，還假裝聽不懂你對她們說的話。」他神色凝重地搖搖頭。

他們繼續前行，穿過樹林，駛下一座陡峻的山丘，接著穿過幾道大鐵門，沿著曲曲折折的車道，終於停在一棟面河的喬治王朝式白色豪宅前面。

司機拉開車門，一個身材高大的黑髮管家出現在台階上。

「是赫丘勒．白羅先生嗎？」那管家輕聲問道。

「我是。」

「白羅先生，奧利薇夫人正等著您呢。您會在巴特利見到她。請容我為您帶路。」

管家帶著白羅進入一條彎曲小徑，這條小徑沿著樹林向前伸展，樹林低處有一條河流隱約可見。小徑沿坡緩緩而下，最後來到一片圓形空地，空地四周是一圈低矮的壘牆，奧利薇夫人正坐在壘牆上。

她站起身來迎接他，幾個蘋果從膝頭上落下，四處亂滾。蘋果似乎是大家和奧利薇夫人見面時無可避免的要素。

「搞不懂為什麼我老是掉東西，」奧利薇夫人說。她有點口齒不清，因為嘴裡塞滿蘋果肉。「你好嗎，白羅先生？」

「我很好，親愛的夫人，」白羅禮貌地回答，「你也好吧？」

奧利薇夫人的模樣似乎和白羅上回見到她時有些不同，原因一如她在電話中所言，她的髮型又做了新的實驗。白羅上回見到她的時候，她的髮型有種被狂風吹亂的效果，今天她的頭髮則染成了鮮豔的藍色，又配上許多人工的小髮捲往上梳得極為蓬鬆，是一種仿侯爵夫人的樣式。不過這種侯爵夫人的效果只到她的脖頸為止，自此以下她身上其餘的裝束絕對可以稱為「務實的鄉下打扮」：一套色彩搶眼的蛋黃色粗花呢外套和裙子，外加一件看來不甚悅目的芥末色套頭衫。

「我就知道你會來。」奧利薇夫人開心地說。

「你不可能知道。」白羅一本正經說道。

「噢，不，我知道。」

「我還在問自己，為什麼要到這裡來。」

「我知道答案。出於好奇。」

白羅望著她，目光閃動了一下。他說：「你那遠近皆知的女人直覺，這一回總算沒有太離譜。」

「喂，別拿我們女人的直覺開玩笑。我不總是一眼就能看出殺人兇手是誰嗎？」

算白羅有氣度，只是沉默不語。否則他很可能回敬她：「你大概要試到第五次才能猜到八、九分，而且還不是回回如此！」

而他並沒有說出口，只是四下環顧，口裡說道：「你這塊土地可真是山明水秀。」

「這裡？白羅先生，這塊地不是我的。你以為它是我的財產？噢，不是的，它屬於史達柏夫婦。」

「史達柏是什麼人？」

「噢，不是什麼有頭有臉的人，」奧利薇夫人語焉不詳說道，「只是很有錢。我是基於我的專業，到這裡來工作的。」

「啊，原來你是為了替你的傑出新作增添一點地方色彩？」

「不是，不是。一如我所說，我是在工作。我是被請來安排一次謀殺的。」

白羅瞪著她。

「噢，不是真正的謀殺，」奧利薇夫人說，讓他寬了心。「明天會有一個大規模的園遊會，為了讓它別出心裁，他們打算辦一個『緝凶』的破案遊戲，由我來安排。你知道，這就和尋寶遊戲一樣，只是尋寶辦過太多次了，他們覺得緝凶是個比較新鮮的點子，所以他們給我優厚的酬勞，請我到這裡來構思、安排。這很有趣，和那種令人生厭的老套大不相同。」

「遊戲要如何進行呢？」

「噢，當然要有一個『被害人』，還有『線索』和『嫌疑犯』。所有的角色都因襲慣例，你知道，總有『蕩婦』、『勒索者』、『年輕情侶』、『陰險的管家』等等。入門費是兩個半先令，參賽者進場後馬上會拿到第一個線索，隨後你得找到『被害人』和『凶器』，並且說出凶手是誰，動機是什麼。然後會有獎賞。」

「真了不起！」赫丘勒．白羅說。

「事實上，」奧利薇夫人的語氣透著懊悔。「這比你想像的要難得多。因為你得想到參賽的人腦筋都很靈光，而在我的著作裡，書中人不見得要有頭腦。」

「這麼說，你找我來就是要我幫你安排遊戲？」

白羅沒怎麼掩飾聲調中的強烈不滿。

「噢，不是的，」奧利薇夫人說，「當然不是！我全都安排好了。明天的一切活動都已安排妥當。不，我找你是另有緣故。」

「什麼緣故？」

奧利薇夫人舉起雙手，伸向自己的腦袋，正準備用習慣的老動作將手指插進頭髮裡胡亂向後拉扯，卻突然想起她那繁複的髮型，於是她轉而拉拉耳垂，以紓解自己的情緒。

「我敢說，我是個傻瓜，」她說，「可是，我覺得這裡有事不對勁。」

／02

白羅緊盯著她，一時之間出現了片刻的沉默。接著他厲聲問道：「有事不對勁？怎麼說？」

「我也說不上來……我就是請你來查清楚的。不過，我覺得……這感覺愈來愈強烈，我覺得我好像被……噢！被利用，被人矇騙。你叫我傻瓜也無所謂，可是我只能說，如果明天弄假成真，發生了真正的謀殺，我不會感到意外！」

白羅目不轉睛地瞪著她，她也毫不畏縮地回敬他。

「真有意思。」白羅說。

「我想，你一定認為我是個不折不扣的傻瓜吧？」

奧利薇夫人先採取守勢。

「我從來就不認為你是傻瓜。」白羅說。

「可是，我知道你對直覺一向嗤之以鼻，至少你的眼神是如此。」

「每個人對事物都有不同的稱呼，」白羅說，「我相信，你看到或聽到了一些事，它們顯然引起了你的焦慮。但事實上，你可能對自己看到什麼、聽到什麼都不清楚，你只是意識到它的結果。或許可以這麼說，你還不知道自己了解了什麼事情。如果你願意，你可以稱它為直覺。」

「我真的覺得自己像個傻瓜，」奧利薇夫人懊喪地說道，「竟然說不出個所以然來。」

「我們會理出頭緒來的，」白羅鼓勵她。「你說你覺得……你是怎麼說的？好像被人矇騙？你能不能把意思再說明白一點？」

「噢，這實在是挺難的……你知道，這場謀殺遊戲可說是『我』一手安排的。是我設計、規畫，讓它的情節首尾一致，前後吻合。噢，如果你對作家有一些了解的話，你該知道他們是聽不進別人的建議的。別人說：『太好了，不過要是如何如何，這樣那樣的話不是更好嗎？』或是：『如果被害人是A而不是B，或最後證明凶手不是E而是D，那不是更好嗎？』這時，一個作家就會這麼回答：『那好，如果你要這麼安排，那你自己來寫！』」

白羅點點頭。

「這種情況發生過嗎？」

「倒也不是……不過有人曾經提過這類愚蠢的建議，後來我發了火，他們就退讓了。可是，我對一些細枝末節上的建議就疏忽掉了，因為我在某些問題占了上風，所以沒多想就接受了其他一些瑣碎的建議。」

「原來如此，」白羅說，「沒錯，這是一種伎倆。先提出一些拙劣而荒謬的建議，但其實都不是真正的重要關鍵，其他一些不重要的更動，才是他們真正的目的。你是這個意思吧？」

「我就是這個意思，」奧利薇夫人說，「當然，這可能只是我的想像，只是我並不認為我在胡思亂想。到目前為止，發生的事情似乎都是無關緊要，但我就是擔心，也就是說，我感受到了某種……呃，氣氛。」

「有誰向你提出修改意見？」

「好多人，」奧利薇夫人說，「如果只有一個人提出來，那麼我對這個想法就更有把握了。但並不是一個人，儘管我認為其實只有一個人在主使。我的意思是，有個人利用了那些不知情的老實人。」

「而這人是誰，你一點頭緒也沒有嗎？」

奧利薇夫人搖搖頭。

「是個非常聰明又非常謹慎的人，」她說，「任何人都有可能。」

「在場的有哪些人？」白羅問，「相關人士勢必不多吧？」

「我想想，」奧利薇夫人開始細數。「有喬治·史達柏爵士，他是這片產業的主人，一個有錢的大俗人，依我看，他除了生意經之外，其他都一竅不通，而他的生意頭腦倒是靈光得很。還有史達柏夫人，她叫海蒂，比他小二十多歲，很漂亮，可是笨得像條魚，事實上，我認為她顯然缺乏大腦。她嫁給他當然是貪圖他的錢，而且她的腦子裡除了衣服首飾，什麼也沒有。還有一個叫作麥克．韋曼的，是個建築師，年輕又帥氣，有股不修邊幅的藝術家味道。他正在替喬治爵士設計網球館和整修『福殿』那個蠢玩意。」

「福殿那個蠢玩意？那是什麼？是化裝舞會的名稱嗎？」

「不，是個建築物，有點像小廟之類的建築，白色的，有柱子。你或許在丘園[4]見過這樣的建築。還有布魯威小姐，她算是管家兼祕書，又管雜務又負責書信，為人一絲不苟，精明能幹。附近還有一些來幫忙的人。有一對年輕夫婦，亞歷克．萊格和他的妻子莎莉，在河邊租了個小屋；還有沃伯頓上尉，他是馬斯頓夫婦的不動產管理人。當然馬斯頓夫婦也得算在內，還有福立亞老太太，她住在從前大門門房住的小屋裡。納塞莊園本來是她夫家的產業，但福立亞家的人不是已經辭世就是死於戰爭，而後因為遺產稅太重，所以上一個繼承人就把這塊地給賣掉了。」

白羅仔細思索著這一長串的人物，但此時此刻，這些人對他來說不過是一串名字。他又回到主題來。

「這個謀殺遊戲的點子是誰提出的？」

「我想是馬斯頓夫人。她是地方議員的妻子，活動能力很強。就是她說服了喬治爵士在這裡舉辦園遊會的。你知道，這地方已經閒置多年，她認為大家會願意花錢到這裡來玩玩。」

「一切看來很正常嘛。」白羅說。

「一切『看來』很正常，」奧利薇夫人固執地說，「其實並不。我告訴你，白羅先生，這裡頭不對勁。」

白羅看著奧利薇夫人，奧利薇夫人也看著他。

「關於我到這裡的事，你是怎麼跟這些人說的？你如何對他們解釋把我找來的原因？」

「這容易，」奧利薇夫人說，「你是來為破案遊戲頒獎的。每個人都感到十分興奮。我說我認識你，也許能把你請來，而且我敢肯定，你的大名一定會吸引眾多人潮，這是一定的。」奧利薇夫人圓滑地添了一句。

「大家都接受這個提議嗎？沒有任何異議？」

「我跟你說，當時每個人都興奮極了。」

奧利薇夫人覺得沒有必要提及年輕一輩有一兩個人問：「誰是赫丘勒．白羅？」

「每個人？沒有任何人反對嗎？」

奧利薇夫人搖搖頭。

「真遺憾。」赫丘勒．白羅說。

4 丘園（Kew Gardens），即倫敦國家植物園，是英國最大的植物園。

「你的意思是，它本來可能是一條線索？」

「一個意圖犯罪的人，照理說不會歡迎我的到來。」

「我想，你大概以為這都是我憑空想像出來的吧？」奧利薇夫人沮喪地說，「我必須承認，在和你談話以前，我一直沒有意識到我的依據如此薄弱。」

「冷靜一點，」白羅柔聲說道，「我對這件事很感興趣。我們該從何著手呢？」

奧利薇夫人瞄瞄手錶。

「現在正好是喝茶時間。我們回宅邸去吧，讓你見見所有的人。」

她走的不是白羅剛來的那條小徑，而是另一條似乎方向相反的路。

「走這條路我們可以經過船屋。」奧利薇夫人解釋。

她話語未歇，船屋已經出現眼前。它突出於河面上，是一棟別致的茅草建築。

「屍體安排在那裡，」奧利薇夫人說，「我的意思是，破案遊戲中的屍體。」

「被害人是誰？」

「噢，是一個來自助旅行的女子，她是南斯拉夫人，是一個年輕原子科學家的元配。」

奧利薇夫人說得熟練至極。

白羅眨眨眼。

「當然，從外表看，似乎是那個原子科學家殺了她，不過想當然耳，事情不會那麼單純。」

「當然不會那麼單純。既然你說到這個……」

奧利薇夫人揮揮手，算是領受了白羅的稱許。

「事實上，」她說，「她是被一個『鄉紳』殺害的……動機非常巧妙。我不相信有多少人能找出動機來，儘管第五個線索有非常清楚的提示。」

白羅沒有理會奧利薇夫人巧妙安排的情節，反而提出了一個務實的問題。

「可是你要如何安排一個像樣的『屍體』呢？」

「女童軍，」奧利薇夫人說，「本來我打算找莎莉．萊格扮演這個角色，但現在他們想讓她戴上頭巾當個算命仙，所以就由一個叫作瑪琳．塔克的女童軍來扮演。她是個又蠢又愛管閒事的女孩，」她又添加了許多解釋。「這個角色很容易演，一塊村姑的頭巾和一個帆布旅行背包就足夠了。只要一聽到有人過來，她就得趕緊趴在地上，把繩子繞到脖子上。可憐的孩子，這個角色太無趣了，只能枯坐在船屋裡等著別人發現。不過我替她準備了一大落的漫畫書。事實上，有關凶手的某個線索就寫在其中一本書裡，這樣一切就串聯起來了。」

「你的創意巧思真令我佩服！居然構思出這樣的情節！」

「構思一向不難，」奧利薇夫人說，「麻煩的是想太多了，事情於是變得太複雜，所以你就得放棄其中一部分，而這才是痛苦的地方。現在，我們從這裡往上走。」

他們步入一條陡峭的曲折小徑，這條小徑又把他們帶回河邊，只是地勢比先前來得高。他們在樹林中轉過一個彎道，來到一小塊空地。空地上立著一個有擎柱的小廟。一個年輕人背對著他們佇立在那裡，正皺緊眉頭打量著它。他穿著一條破舊的法蘭絨長褲及刺眼的鮮綠襯衫。

他驀然轉過身子，面對他們。

「這位是麥克．韋曼先生，這位是赫丘勒．白羅先生。」奧利薇夫人介紹說。

那年輕人漫不經心地點點頭，算是聽到了介紹。

「不可思議，」他的口氣充滿憤慨。「這些人是怎麼選地方的！拿這個小廟來說吧，蓋了才不過一年，在同類建築中算是出色的，和這所宅子的時代風格也很搭配。可是，為什麼要蓋在這裡？這些東西本來就是要蓋給人看的……不是有個名詞這麼形容：『居高臨下』，它周圍應該有一片美麗的草地和水仙花之類的。而這可憐的小廟卻被胡亂塞在樹林裡，不論從哪個方向都看不到它；就算跑到河上去，也得先砍倒二十幾棵樹才能瞥見它的影子。」

「也許是因為找不出其他地方吧。」奧利薇夫人說。

麥克．韋曼哼了一聲。

「大宅旁邊那塊青草遍地的堤岸，就是一個渾然天成的絕佳地點，可是他們卻不用。這些有錢人全都一個模樣……毫無藝術觀念。他有天突然心血來潮，想要建個愚蠢的福殿——他自己這麼稱呼它——於是馬上找人來蓋。他四處尋找建造地點，剛好，據我所知，一棵大橡樹被一陣狂風颳斷了，這地方狼藉一片。那傻瓜就說：『噢，那就在這兒建福殿吧，正好把這地方弄整齊點。』弄整齊點？這幫城市來的闊佬，腦子裡只想得到這個！我真納悶，他怎麼不在他房子周圍全都種上紅色天竺葵和荷包草呢？像他這種人，簡直不配擁有這樣一塊地方！」

聽起來他真是火冒三丈。

「這個年輕人，」白羅心中暗忖。「一定不喜歡喬治・史達柏爵士。」

「這座小廟的地基是一大塊混凝土，」韋曼說，「下頭則是鬆軟的土壤，所以它很容易下陷。你看上頭這裡全裂了，不久就會變得很危險。最好把它整個推倒，然後在房子近旁的堤岸重建一座。這就是我的建議，可是那個頑固的老傻瓜聽不進去。」

「網球館怎麼樣了？」奧利薇夫人問。

年輕人臉上的陰霾更重了。

「他想建一個中國寶塔式的建築，」他說，還哀號一聲。「『儘管把龍放上去』，因為史達柏夫人喜歡中國式的苦力帽。這樣誰要當建築師？那些想蓋些像樣建築的人沒錢，而有錢人又淨蓋些噁心透頂的東西！」

「我真同情你。」白羅語氣沉重地說道。

「喬治・史達柏，」建築師帶著輕蔑的語氣說，「他以為他是誰？戰爭期間，他躲在威爾斯那個最安全的地方，在海軍部撈上一個輕鬆的工作——他留著一把落腮鬍，以表示他曾經在護航隊服役過——至少他們是這麼說的。其實他滿身銅臭，臭得要命！」

「唉，不過你們這些建築師還是需要那些有錢可以花的人，不然你們永遠都沒工作做。」

奧利薇夫人的話頗為一針見血。她朝大宅走去，白羅和那個垂頭喪氣的建築師跟在她身後。

「這些有錢人，」建築師憤憤說道，「連最基本的原理都不懂。」他衝著那座有些傾斜的福殿發了最後一個牢騷。「如果地基毀了，一切也都完了。」

「你這話真是寓意深遠，」白羅說，「是的，寓意非常深遠。」

他們順著小徑走出樹林，美麗的白屋襯著背後那片幽深的樹林，赫然出現眼前。

「確實，果然是名不虛傳的美景。」白羅喃喃說道。

「他還想蓋一座撞球室呢。」韋曼先生刻薄地說。

下方不遠的河岸邊，一個身材嬌小的老婦手裡拿著剪枝刀，在灌木叢裡忙來忙去。她走上來迎接他們，有點喘不過氣。

「好些年沒人管了，」她說，「這年頭要找個懂得整理草木的人可真難。每逢三、四月，這片山坡都是萬紫千紅，但今年真叫人失望。這些死枝爛木去年秋天就該剪掉了……」

「這位是赫丘勒．白羅先生，這是福立亞老太太。」奧利薇夫人說。

老太太綻開笑容。

「原來你就是大名鼎鼎的白羅先生！你真好心，願意明天來幫我們。這位聰明的女士想出了一個非常複雜的謎題；大家一定會感到十分新鮮。」

這位矮小老婦的優雅風度令白羅感到一絲迷惑。他想，接待他的女主人本來可能是她。

他彬彬有禮地答道：「奧利薇夫人是我的老朋友，我很高興能應她之邀前來。這地方確實很美，而這棟宅子更是富麗堂皇。」

「沒錯。它是我丈夫的曾祖父在一七九〇年重建的。更早以前是一棟年久失修的伊麗莎白式房宅，後來在一七〇〇年被大火燒毀。我們家族從一五九八年開始就住在這兒了。」

她說話的語氣平靜而就事論事。白羅更加仔細地端詳她。他看到一個嬌小而結實的女人，穿著一身破舊的粗花呢衣服。她最引人注目的特點是那對澄澈的藍眼眸，一頭白髮緊緊裹在髮網罩裡。她顯然並不講究外表，但有一種高深莫測的神態，是個難以形容的人物。

他們一同朝宅邸走去。白羅口氣有些遲疑地問道：「許多外人住在這裡，你一定覺得不好受吧？」

沉默片刻後，福立亞老太太才回答。她的聲音清晰、簡潔，但帶著令人費解的冷漠。

「不好受的事情多著呢，白羅先生。」她說。

／03

福立亞太太帶頭踏進屋內，白羅跟在她身後。這是一棟雅致的宅邸，設計工整，十分漂亮。福立亞太太穿過左側的一道門，走進一個陳設考究的小客廳，接著又走進與它相連的一間大廳。大廳裡擠滿了人，此時此刻似乎都在交談。

「喬治，」福立亞太太說，「這位是特地來幫忙的白羅先生。這是喬治．史達柏爵士。」

正高聲講著話的喬治爵士轉過身來。他身材高大，滿面紅光，蓄著令人有點錯愕的落腮鬍。這樣的相貌令人難以判斷他的身分，彷彿他是個拿不定主意的演員，不知道該扮演一位鄉紳，還是一個來自紐西蘭自治區的粗人。儘管白羅先前已聽到麥克．韋曼的議論，但怎麼看這人，都很難和海軍聯想在一起。他的舉止言談輕快愉悅，但那對閃爍著淺藍光芒的小眼睛十分精明，彷彿能把人看透。

他由衷地歡迎白羅。

「你的朋友奧利薇夫人能請動你來這裡，我們真是無比的高興，」他說，「她的腦筋可真好。你絕對是個莫大的吸引力。」

他四下張望，似乎有點失神。

「海蒂呢？」他又叫了一次，這次嗓門提高了些。「海蒂！」

史達柏夫人正靠坐在一張離眾人稍遠的扶手椅中。她對周遭的一切似乎視而不見，只顧著對自己停歇在沙發扶手上的一隻手微笑。她將那隻手從左側移到右側，戴在中指上的那顆大翡翠閃現出深淺不一的綠光。

她孩子般吃驚地抬起頭，說道：「你好。」

白羅拉著她的手躬身致意。

喬治爵士繼續為他介紹。

「這位是馬斯頓夫人。」

馬斯頓夫人高頭大馬，令白羅隱隱想起一頭獵犬。她的下巴向前突出，一雙看似悲傷的大眼帶有血絲。

她鞠躬為禮後，以低沉的嗓音繼續發表議論，那聲音讓白羅再度想起獵犬的吠嗥。

「吉姆，那些茶水帳篷的無聊爭論一定得做個了斷，」她的聲音決斷有力。「她們得明白事理才行。我們不能讓這群笨女人的鄉里宿怨把整件事情搞砸。」

「噢，確實。」和她對話的男人說。

「這位是沃伯頓上尉。」喬治爵士介紹道。

沃伯頓上尉穿著一件格子運動外套，那副尊容有點像馬；微笑時露出一整口白牙，又有點像狼。他接續剛才的話往下說。

「你別擔心，我會做個了斷，」他說，「我會像個荷蘭大叔，開門見山去找她們談。那個算命帳篷怎麼辦？要安置在木蘭花旁的空地上，還是杜鵑花叢旁邊那塊草坪的盡頭？」

喬治爵士繼續介紹。

「萊格先生和他的夫人。」

高個子的青年男子露出友善的笑容，他的臉因為日曬脫皮得厲害。他太太是個漂亮的紅髮女人，臉上有雀斑。她友善地點點頭，立刻又和馬斯頓夫人爭論起來，悅耳的女高音和馬斯頓夫人低沉的犬吠聲一唱一和，像是一曲二重唱。

「不能安在木蘭花旁邊，那裡太窄了……」

「有人總想把東西都分散開來，可是只要排隊……」

「分開涼快多了。我的意思是，太陽當頭照到這棟房子的時候……」

「球打椰子的遊戲不能離房子太近；那些男生扔起球來可是野得很……」

「而這一位，」喬治爵士說，「是布魯威小姐。我們每個人都被她管著呢。」

布魯威小姐坐在銀製大茶盤的後面。

那女人四十來歲，看來十分能幹，身材瘦削，舉止俐落，很有親切感。

「幸會，白羅先生，」她說，「我真心希望您這一路上沒碰到擁擠的人潮。每年這個時候，搭火車真是可怕。讓我為您倒杯茶吧。要牛奶嗎？加糖嗎？」

「牛奶一點點就好；要四塊方糖。」趁著布魯威小姐為他張羅之際，他又說：「我看得出來，這裡每個人都忙得人仰馬翻。」

「是的，的確如此，每到最後關頭總會有許多事需要處理。這年頭，大家敷衍塞責的方式真是千奇百怪。大帳篷、小帳篷、桌椅、外燴餐點的設備，樣樣都得緊緊盯著。我已經半個上午沒離開電話旁邊了。」

「那些帳篷的釘樁怎麼樣了，阿曼達？」喬治爵士說，「還有額外備用的高爾夫輕擊棒呢？」

「都安排好了，喬治爵士。高爾夫俱樂部的本森先生很幫忙。」她將白羅的茶杯遞給他。「要不要來個三明治，白羅先生？那些夾的是番茄，這些夾的是魚肉餡。不過，」布魯威小姐想起白羅茶裡放了四塊糖。「或許你比較喜歡奶油蛋糕？」

白羅確實比較喜歡奶油蛋糕。他自己伸手拿了一塊特別甜、特別綿密的蛋糕。

接著，他小心翼翼地把蛋糕平放在小碟上，走到女主人身旁坐下。她還在欣賞指頭上那顆珠寶的光暈，這時抬起頭來露出快樂的微笑，像個孩子。

「你看，」她說，「很漂亮，對吧？」

他仔細端詳她。她戴著一大頂以鮮豔紫紅稻草編成的苦力帽，帽簷下，粉紅色的反光印照在缺乏血色的青白臉龐上。她的打扮帶有濃重的異國情調，蒼白的皮膚毫無光澤，雙唇鮮紅得有如仙客來花，眼眸上一層厚厚的睫毛膏，烏黑柔順的頭髮從帽簷下溜出，彷彿戴著一頂天鵝絨的軟帽。她的臉有種慵懶、非英國式的嬌美。她有如一個在熱帶陽光下成長的美人，因為偶然的機緣來到了英國人家的客廳。而讓白羅吃驚的是她那雙眼眸，閃著孩子氣的眼神幾乎空空洞洞，什麼都沒有。

她既然像個小孩問了那個問題，白羅也像哄小孩一般回答她。

「非常漂亮的戒指。」他說。

她似乎很開心。

「是喬治昨天送給我的，」她壓低聲音，彷彿在對他訴說祕密。「他給了我好多東西。他真好。」

白羅再度低頭看著那枚戒指和她那隻歇在扶手上的手，長長的指甲上塗著紫褐色的蔻丹。

一句名言閃進他腦海：「他們既不辛苦勞作，亦不紡紗織麻……」

他無法想像史達柏夫人辛勤勞動或紡紗織布的模樣，他也很難將她形容為田野裡的百合，她毋寧更像一個人工製品。

「夫人，這客廳真漂亮。」他一邊說，一邊以欣賞的眼光四下環視。

「我想是吧。」史達柏夫人含含糊糊地說。

她的注意力依然放在那枚戒指上；她側著頭，細細觀察著手移動時從寶石深處閃現出來的綠光。

她輕聲而神祕地說：「你看見沒有?它在對我眨眼睛。」

她爆出一陣大笑，令白羅感到驚愕。那是一種無法自制的高聲狂笑。

屋子這頭的喬治爵士叫了聲「海蒂」。

他的聲音十分溫和，但隱隱帶著責備。史達柏夫人收住了笑聲。

白羅以平常的語氣說道：「德文郡是個非常漂亮的地方，你覺得呢？」

「白天的時候不錯，」史達柏夫人說。「如果不下雨的話。」她抑鬱地添上一句：「可是這裡一家夜總會也沒有。」

「啊，原來你喜歡上夜總會？」

「噢，沒錯。」史達柏夫人語氣甚為熱切。

「你為什麼喜歡夜總會呢？」

「那裡有音樂，你可以跳舞。而且我可以穿上最漂亮的衣服，戴上手鐲戒指。那裡每個女人也都穿漂亮的衣服，戴漂亮的首飾，可是誰也比不上我。」

她綻開微笑，顯得十分滿足。白羅心中油然生起一股憐憫。

「這些都會讓你非常開心？」

「沒錯。我也喜歡賭場。英國怎麼連個賭場都沒有？」

「我也經常納悶，」白羅嘆口氣說道，「我認為它和英國民情不合。」
她望著他，一臉茫然。接著，她的身子微微向他靠過來。
「有一次我在蒙地卡羅贏了六萬法郎。我押了二十七號，最後它果真轉到這個號碼上。」
「那一定很令人興奮吧，夫人？」
「噢，確實。喬治給我錢去玩……不過我通常都會輸光。」
她看起來很沮喪。
「那真可惜。」
「哦，其實沒什麼。喬治很有錢。有錢真好，你說對不對？」
「是很好。」白羅溫和地說。
「要是我沒錢，說不定我看起來就會像阿曼達一樣。」她的目光望向茶桌旁的布魯威小姐，不動聲色地審視著她。「她長得真醜，你不覺得嗎？」
就在這時，布魯威小姐竟抬起眼來，目光掃過他們坐著的位置。史達柏夫人說話的聲音不大，但白羅不知道阿曼達・布魯威聽見了沒有。
當他收回視線，正好和沃伯頓上尉四目相接。上尉的目光既是挖苦，又帶著幸災樂禍。
白羅努力想改變話題。
「為了準備這次園遊會，你一定忙得不可開交吧？」
海蒂・史達柏搖搖頭。

「噢，沒有，我覺得這一切都好無聊，蠢得很。不是有僕人和園丁嗎？為什麼不叫他們去準備呢？」

「噢，親愛的，」說話的是福立亞太太。她剛走過來坐在近旁的沙發上。「你這樣想是因為你在海島長大，在那裡擁有眾多財產。這年頭英國的生活已經不是那樣了。我倒希望真是那樣才好，」她嘆了一口氣。「現在，凡事你幾乎都得自己動手。」

史達柏夫人聳聳肩。

「我覺得這很蠢。要是什麼事都得自己動手，那當有錢人還有什麼意思？」

「有些人就覺得有意思，」福立亞太太對著她笑道，「事實上，我就是這樣。不一定是所有事情，只是某些事情。我喜歡自己種花蒔草，也喜歡準備慶典活動，像明天的園遊會。」

「這次活動是不是像開宴會？」史達柏夫人滿懷期待地問。

「就跟開宴會一樣，會有很多很多人來。」

「就像艾斯科[5]賽馬大會一樣嗎？每個人都戴上大禮帽，打扮得漂漂亮亮的？」

「呃，和艾斯科賽馬不大一樣。」福立亞太太說完，又親切地加了一句：「不過你得嘗試去享受鄉下的地方風物，海蒂。今天早上你應該出來幫忙，可是你卻賴在床上，到喝茶時

5　艾斯科（Ascot），英國每年六月下旬舉行的賽馬賽事。

間才起來。」

「我頭痛，」海蒂說，表情很不高興。但她的情緒轉眼就變，對著福立亞太太現出熱情的微笑。「不過，明天我就好了。到時候你要我做什麼我就做什麼。」

「那太好了，親愛的。」

「我有一套新衣服要試穿，是今天早上送到的。你和我上樓去看看吧。」

福立亞太太猶豫著。史達柏夫人站起身，執意說道：「你一定要來，拜託。那套衣服好漂亮。現在就來！」

「噢，好吧。」福立亞太太勉強擠出笑容，也跟著站起身子。

她走出客廳，矮小的身材跟在海蒂修長的身影後面。白羅看到適才她臉上沉靜的笑容變成困倦的神色，不禁十分訝異。她彷彿一時之間鬆懈了心防，不再費心去保持那種社交應酬的偽裝。可是，好像不止於此。她似乎像許多女人那樣，忍受著某種絕不願說出口的病痛折磨。他想，她不是那種要別人憐憫或同情的人。

沃伯頓上尉一屁股坐到海蒂．史達柏剛騰出的位子上。他注視著那兩個女人剛踏出的那道門，然而他打算談的不是年長的那位。他露齒微笑，慢條斯理說道：「漂亮的小東西，對不對？」他從眼角瞥見喬治穿過那扇法式落地窗走到屋外，後面跟著馬斯頓夫人和奧利薇夫人。「她確實把老喬治迷得神魂顛倒。他對她真是沒話說！首飾珠寶，貂皮大衣，應有盡有。不過，我不知道他到底曉不曉得她有點不正常。也許他認為無所謂吧。說來說去，這些有錢的大爺追求的並不是有腦袋的伴侶。」

「她來自哪個國家？」白羅好奇地問。

「我總覺得她看起來像是南美人，不過我相信她是從西印度群島來的，一個產糖、甜酒之類的島嶼。她出身於當地的古老世家，是個克利奧爾人[6]，不過不是那種混血兒。我相信，那些島上的人都是近親通婚，這就是他們智能不足的原因。」

年輕的萊格太太走過來加入他們的談話。

「喂，吉姆，」她說，「你得站在我這邊。那個帳篷應該安置在我們全體決定的地方，就是杜鵑花叢後那塊草坪的盡頭，那是唯一可以搭帳篷的地方。」

「馬斯頓夫人不這麼想。」

「那你得去和她談談，勸她打消念頭。」

他向她露出狡詐的微笑。

「馬斯頓夫人是我的老闆。」

「威福德・馬斯頓才是你的老闆，當議員的是他。」

「我想是吧，不過她應該去當議員。真正當家作主的是她，這我還不清楚嗎？」

6　克利奧爾人（Creole），西印度群島及拉丁美洲之歐洲人後裔。

喬治爵士又穿過落地窗回到屋內。

「噢，莎莉，原來你在這裡，」他說，「我們需要你的幫忙。你絕對想不到，誰該替麵包塗奶油、誰負責摸彩贈送蛋糕、原先準備放花毛料的地方被蔬菜水果攤給占了，這些問題竟然把每個人都弄得火冒三丈。艾蜜．福立亞哪裡去了？她對付得了這幫人，大概也只有她辦得到。」

「她和海蒂上樓去了。」

「噢，是嗎？」

喬治爵士四下張望，似乎有些束手無策。正在寫入場券的布魯威小姐一躍而起，口裡說道：「喬治爵士，我去替你把她找來。」

「謝謝你，阿曼達。」

布魯威小姐走出大廳。

「還得多設點鐵絲網牆才行。」喬治爵士喃喃說道。

「園遊會要用的嗎？」

「不，不是。是要設在和胡丹園交界的樹林子裡。舊的鐵絲網都爛了，他們就是從那裡走進來的。」

「誰從那裡走進來？」

「就是那些私闖民宅的人！」喬治爵士衝口而出。

莎莉．萊格帶著調侃的語氣說道：「你的口氣聽起來好像是和驢子宣戰的貝茜．特羅伍德似的。」

「貝茜．特羅伍德？她是什麼人？」喬治爵士問得開門見山。

「是狄更斯筆下的人物。」

「噢，狄更斯。我讀過他的《匹克威克外傳》[7]。不錯，非常不錯，大出我的意料。不過，說正經的，自從那家無聊的青年招待所開始營業後，那些私闖民宅的人就成了一大威脅。他們從四面八方鑽進來，穿著古怪透頂的襯衫，今天早晨闖進來的那個男生就穿了一件印滿爬行龜和亂七八糟圖案的衣服，我還以為我是喝醉酒眼花了。這些人當中有一半不會說英語，光會跟你胡謅，」他一面模仿起來。「『噢，青……青你告訴我……此路通渡口？』我說不，此路不通，衝著他們大吼，要他們回到鑽進來的地方去，但十次有五次他們只是眨眨眼瞪著你，根本聽不懂；女孩子就只會咯咯笑。他們什麼人種都有；義大利人、南斯拉夫人、荷蘭人、芬蘭人……要是其中有愛斯基摩人我也不會奇怪！我相信，他們當中有半數是共產黨。」他抑鬱地下了結論。

7 狄更斯（Charles John Huffam Dickens, 1812-1870）是英國十九世紀中葉的著名作家和評論家，《匹克威克外傳》（*The Pickwick Papers*）是他的代表作品之一，出版於一八三六年。

「拜託，喬治，別又開始批評共產黨了，」萊格太太說，「我會幫你去對付那些野女人。」她帶著他走出落地窗，一面回過身來叫道：「來吧，吉姆，一起為我們的理想抱負壯烈犧牲吧！」

「好，不過我想把破案遊戲的大致過程跟白羅先生解釋一下，因為他要頒獎。」

「你可以等一下再解釋。」

「我會在這裡恭候你。」白羅和顏悅色地說。

接下來是一陣靜默。亞歷克・萊格將身軀從椅子裡撐直，嘆了口氣。

「女人！」他說，「真像一窩蜜蜂。」他轉過頭，朝窗外望去。「這一切所為何來呢？辦這種對誰都沒幫助的蠢園遊會。」

「不過，顯而易見，」白羅說，「對某些人來說，這可是生活中的大事。」

「人為什麼不能理智一點？為什麼不用用腦筋？想想看，這個世界已經被搞得一團糟。難道他們不知道，這當頭地球上的居民都在忙著自殺嗎？」

白羅想得沒錯，這人並不期望他回答這些問題。於是他僅僅不以為然地搖搖頭。

「我們必須想點辦法，要不然就太晚……」亞歷克・萊格的話戛然而止，臉上掃過一陣怒色。「噢，沒錯，」他說，「我知道你在想什麼。你在想我是神經過敏，精神異常，反正就是這一類。你就和那些該死的醫生一樣，建議我要休息，換個環境，多去海邊呼吸新鮮空氣。好啊，我和莎莉就到這裡來，在那個米爾小屋裡住了三個月。我也照他們的囑咐做了。

我釣魚、沐浴、長途散步、做日光浴……」
「確實，我注意到你做過日光浴。」白羅禮貌地說道。
「噢，你是說這個？」亞歷克伸手摸摸熱燙的臉。「從某方面來說，這是陽光普照的英國夏季所留下的痕跡。可是這有什麼用呢？你不能用逃避的方法拒絕面對現實。」
「沒錯，逃避絕對沒用。」
「而這樣的鄉居環境正好讓你把事情看得更清楚……這個國家的人真是冷漠得驚人。連莎莉，她夠聰明了，也是這樣。何必自尋煩惱？她這麼說。簡直快把我逼瘋了！『何必自尋煩惱』？」
「我倒好奇，你為什麼要自尋煩惱？」
「老天，你也這麼說？」
「不，我不是在勸你。我只是想聽聽你的答案。」
「你難道不明白？總得有人想點辦法才行！」
「而這個人就是你？」
「不，不是我個人。在這種時代，任何人都不是單獨的個體。」
「我不明白為什麼不是。即使是你所謂的『這種時代』，一個人依然還是一個個體。」
「但一個人不該只是一個個體！在非常時期，當事情到了生死關頭，一個人不能只想著自己微不足道的不幸或是本身的急務。」

「我確信，你這種想法錯得離譜。大戰期間，我在躲一次嚴重的空襲，那當頭我很少想到死，反而一直想著我腳趾頭長雞眼引起的疼痛。我竟然會這樣，連我自己都吃驚。『想想吧，』我對自己說：『現在死神隨時都會降臨。』但我還是時時惦記著腳上的雞眼……確實，我感到非常悲傷，因為我不但得忍受死亡降臨的折磨，還得忍受雞眼的疼痛。正因為我可能死去，所以我生活中的每一件個人小事都顯得格外重要。我看過一個女人，她在一次車禍中撞斷了腿，卻是因為看見自己的絲襪抽了絲才嚎啕大哭。」

「這說明了女人有多蠢！」

「這說明了人性。或許就是因為人只關心自己的私人生活，所以人類才得以存活至今。」

亞歷克．萊格放聲大笑，笑聲帶著輕蔑。

「有時候，」他說，「我認為這般活著真是可憐。」

「你知道，」白羅依然堅持己見。「這是一種謙虛的表現，而謙虛是彌足珍貴的。我記得戰爭時期，貴國的地鐵車站寫著一句標語：『一切都仰賴你。』我想這是一位知名神學家的名言，不過依我之見，這是不足為訓的危險教條，因為事實並非如此。不是任何大小責任都能交付給任何人。譬如一個家庭主婦，如果她認為她的責任無所不在，這對她的人格並沒有好處。如果她處處想到自己在世界大事上所扮演的角色，那她的小孩必然缺乏照顧。」

「我認為你的觀念相當保守。那讓我聽聽你的名言吧。」

「我不需要自己編什麼名言。貴國早年有句格言倒是很順我的意。」

取什麼措施嗎？」

「什麼名言？」

「『把自己交給上帝，讓你的火藥保持乾燥。』」

「哈，哈，」亞歷克似乎被逗樂了。「真叫人意想不到。你知道我覺得這個國家應該採取什麼措施嗎？」

「毫無疑問，一定是某種具強迫性又令人不快的事。」白羅微笑說道。

亞歷克．萊格還是一本正經的表情。

「我希望看到所有意志薄弱的人煙消灰滅……立即完蛋！別讓這些人生兒育女。如果我們只允許有腦筋的人生兒育女，想想看，那未來會有多好。」

「那麼精神病院的病人大概要激增了，」白羅挖苦道，「萊格先生，我們既希望植物開花，也需要它有根。不管花多大多美，要是地下的根被破壞了，它永遠不會再開花。」他隨即又以閒話家常的語氣問了一句：「你是不是認為史達柏夫人應該被送進毒氣室？」

「沒錯，確實如此。那種女人有什麼用？她對社會有過什麼貢獻？除了衣服、皮草或珠寶，她腦子裡可曾想過別的東西？一如我所說，她有什麼用？」

「你和我的腦筋，」白羅諷刺地說，「當然比史達柏夫人高明許多。可是，」他悲哀地搖搖頭。「恐怕我們都不像她那樣會妝點門面，這是事實。」

「妝點門面……」萊格正待嗤之以鼻，這時奧利薇夫人和沃伯頓上尉再度走進屋內，打斷了他。

／04

「白羅先生，你一定得幫我們看看破案遊戲的線索和道具。」奧利薇夫人上氣不接下氣地說。

白羅站起身，順從地跟在她身後。

三人走過大廳，步入一個陳設簡單的小房間，像是一間辦公室。

「你的左邊就是致命凶器。」

沃伯頓上尉一面說，一面指向一張鋪著厚毛呢的小牌桌。桌上放著一把袖珍手槍、一段帶有褪色血斑的鉛管、一個有著「毒藥」標示的瓶子、一段晾衣繩和一個皮下注射器。

「這些是『凶器』，」奧利薇夫人解釋，「而這些是『嫌疑犯』。」

她遞給他一張印好的卡片，他帶著興味讀了起來。

嫌疑犯愛思泰・格林——一個漂亮而神祕的年輕女子，應布倫特上校之邀來作客
布倫特上校——地方仕紳，有一個女兒
瓊安——布倫特上校的女兒，嫁給了
彼得・蓋伊——一位年輕的原子科學家
威林小姐——女管家
奎特——男管家
瑪雅・史塔維基——來自助旅行的女孩
艾斯班・羅友勒——一個不速之客

白羅眨眨眼，他望向奧利薇夫人，目光隱隱帶著不解。

「非常好的人物表，」他的措詞很有禮貌。「不過容我問一句，『參賽者』要做些什麼呢？」

「把卡片翻過來，」沃伯頓上尉說。

白羅把卡片翻個面，上頭印著：

姓名及住址：

您的解答：

・凶手姓名：

・使用凶器：

・犯案動機：

・時間地點：

・推斷理由：

「每個入場的人都會拿到一張這樣的卡片，」沃伯頓上尉連珠砲般解釋。「還有一本筆記本和鉛筆，供他們記錄線索。總共有六個線索。你得從一個線索找到另一個，就像尋寶遊戲一樣，而凶器藏在幾個可疑的地方。這是第一個線索：一張快照。每個人都從這張照片開始找。」

白羅從他手裡接過那張小照，皺緊眉頭研究著。他把照片倒過來看，依然一頭霧水。沃伯頓笑起來。

「一張深具巧思、暗藏玄機的照片，對吧？」他得意地說，「一旦你知道它是什麼，就會覺得非常簡單。」

認不出照片上到底是什麼，白羅火氣逐漸上升。

「是不是有鐵檻的窗戶？」他猜。

「我承認看來是有點像。可惜不是。這是一段網球場隔網。」

「噢，」白羅又去看那張快照。「沒錯，正如你所說，等別人一告訴你答案，那簡直是一目了然！」

「這多半要看你怎麼觀察一樣東西。」沃伯頓笑著說。

「非常深奧的真理。」

「第二個線索可以在網球場隔網中央地上的一個盒子裡找到。盒子裡頭是這個空的毒藥瓶……就是這個，還有一個鬆脫的軟木塞。」

「只是，你知道，」奧利薇夫人立刻接口。「那瓶子的開口是螺紋狀的，所以軟木塞才是真正的線索。」

「我知道，夫人，你一向足智多謀，不過我看不出來……」

奧利薇夫人打斷他。

「噢，當然，」她說，「得有個故事情節，就像雜誌上的連載小說得有個內容簡介。」

她轉向沃伯頓上尉，問道：「你拿到情節說明書了嗎？」

「印刷廠還沒印好。」

「可是他們答應要給我們了！」

「我知道，我知道。做承諾是大家最擅長的事嘛。今天下午六點就可以印好，我會開車進城去拿。」

「噢，那好。」

奧利薇夫人深深嘆了口氣，轉向白羅。

「那麼，我就得口頭跟你說了。只是，我不大會講故事。我的意思是，如果讓我寫，我能寫得一清二楚，但如果要我用嘴巴說，聽起來便像是一堆漿糊，糊里糊塗的。這就是我從來不和任何人討論我作品情節的原因。我是受過教訓的，我不能和別人討論，否則他們只會茫然地望著我，口裡說：『呃，是，不過我不懂這怎麼回事……而我可以肯定，這絕對寫不成一本書。』真是一頭冷水當頭灑下。可是這並非事實。當我把它用文字寫下來，它就是一本書！」

奧利薇夫人停下來喘了口氣，又繼續說下去。

「嗯，故事是這樣的：有個叫彼得．蓋伊的年輕原子科學家，受人懷疑他被共產黨收買。他和一位叫瓊安．布倫特的女孩結了婚。他的頭一任太太死了……可是她沒有死，她又出現了，因為她是個地下情報員，不過可能也不是，我是說，她其實可能只是個自助旅行的人。這個太太和一個叫作羅友勒的男人有婚外情，而這人可能是來和瑪雅幽會的，也可能是來暗中監視她的。還有一封勒索信，可能出自女管家之手，也可能是男管家寫的，另外，左輪手槍不見了。既然你不知道那封勒索信是寫給誰的，進晚餐的時候，皮下注射器也掉出來了，可是後來它又不見了……」

奧利薇夫人的話戛然而止，因為她精確地捉摸到了白羅的反應。

「我知道，」她語帶同情地說，「聽起來就像一堆漿糊。但其實並非如此，在我腦子裡它一點也不糊塗，等你看過故事簡介就會覺得非常清楚。而且再怎麼說，」她下了結語。「故事情節其實並不重要，對吧？我是說，對你來說不重要。你只要頒頒獎……獎品很棒，頭獎是個形狀像左輪槍的銀質菸盒……再說幾句解出謎題的人多麼聰明之類的話就行了。」

白羅心想，能夠解出這道謎題的人，確實得十分聰明才行。事實上，他很懷疑真有人能解開這道謎題。在他看來，整個情節和這個謀殺遊戲都隱藏在茫茫迷霧中，諱莫如深。

「啊，」沃伯頓上尉一面瞄了瞄手錶，一面開心說道，「我必須走了，要去印刷廠拿東西。」

奧利薇夫人呻吟一聲。

「要是他們還沒印好……」

「噢，他們印好了，我已經打過電話。再見！」

他離開了房間。

奧利薇夫人突然抓住白羅的臂膀，以沙啞的嗓音小聲問道：「怎麼樣？」

「『怎麼樣』？什麼怎麼樣？」

「你看出什麼蹊蹺沒有？還是鎖定什麼人沒有？」

白羅語帶責備地回答：「我覺得所有的人、所有的事都完全正常。」

「正常？」

「噢，也許這個詞用得不太恰當。一如你所說，史達柏夫人確實有些低能，萊格先生則是非常異類。」

「噢，他倒沒什麼，」奧利薇夫人不耐煩地說。「他曾經精神崩潰。」

白羅雖然覺得這句話語焉不詳，但還是接受了這個解釋，並沒有追根究柢。

「每個人一如所料，都顯得焦慮不安、情緒激動、疲憊不堪、心情煩躁，這是籌備這種娛樂活動時的普遍特徵。真希望你能指出……」

「噓！」奧利薇夫人又抓住他的手臂。「有人來了。」

真像一齣拙劣的通俗鬧劇！白羅覺得自己的火氣在漸漸上升。

布魯威小姐和顏悅色的臉龐出現在門邊。

「噢，白羅先生，原來你在這裡，我正到處找你，要帶你去看你的房間呢。」

她領著他步上樓梯，沿著通道來到一個寬敞通風的房間，從這裡可以眺望河邊。

「正對面有個洗澡間。喬治爵士總說要加蓋幾個洗澡間，可是如果這麼做，房子的格局就會受到破壞。希望你覺得一切舒適。」

「是，我確實感覺如此。」白羅欣賞的目光掃過那座小書架、檯燈和床邊那個標有「餅乾」字樣的盒子。「這棟房子在你的巧手安排下，看來一切都完美無缺。我是應該向你讚美，還是應該讚揚那位迷人的女主人？」

「史達柏夫人把所有的時間都花在穿著打扮上，好讓自己顯得更迷人，」布魯威小姐說，語氣透著一絲酸意。

「一個非常會妝點門面的年輕女子。」白羅若有所思地說道。

「你是可以這麼說。」

「不過，在其他方面，她又不是那麼稱頭，也許……」他突然停住，沒再往下說。「對不起，我失態了。我不該品頭論足，提到這種可能是禁忌的事情。」

布魯威小姐望了他一眼，眼神鎮定自如。她以酸溜溜的語氣說道：「史達柏夫人對自己做的事瞭如指掌。她除了像你所說是個非常會妝點門面的女人外，也是個十分精明的人。」

沒等白羅訝異地揚起雙眉，她已經轉身走出房間。原來精明能幹的布魯威小姐是這麼想的。還是，她之所以這樣說，僅僅是出於某些個人原因？她為什麼要對他這樣一個初來乍到的人口出此言呢？或許正因為他是個新認識的人，而且是個外國人？赫丘勒・白羅根據經驗知道，很多英國人認為對外國人說的話是不用負責的！

他不解地蹙起眉頭，心不在焉地望著布魯威小姐剛踏出的那道門。接著他踱到窗邊，佇立窗前向外眺望。這時他看到史達柏夫人和福立亞太太走到屋外，兩人在那棵高大的木蘭花樹旁站著，談了好一陣子。接著福立亞太太點頭道了聲再見，隨即拾起園藝工具籃和手套，快步走下車道。史達柏夫人對著她的背影站著看了一會，接著漫不經心地扯下一朵木蘭花嗅了嗅，這才慢步走上那條穿過樹林通往河邊的小徑。她只回頭看了一眼，便從白羅的視線中消失了。

白羅看見麥克．韋曼從木蘭花樹後面輕手輕腳地走出來，他猶豫地站立片刻，便跟著那高挑的身影走進了樹林。

白羅心想，這個年輕人英俊瀟灑，生氣蓬勃。毫無疑問，他比喬治．史達柏爵士更有吸引力。

不過，即使事實如此，那又能奈他何呢？這種事在人世間屢見不鮮，循環不已。一個年過中年、無聊乏味的有錢丈夫，一個也許智能健全也或許智能不足的年輕漂亮妻子，再加上一個魅力十足又多情的青年男子……這其中到底有什麼內情，使得奧利薇夫人非打電話把他找來不可？無庸置疑，奧利薇夫人非常富有想像力，不過……

「不過，再怎麼說，」赫丘勒．白羅喃喃地自言自語道，「我可不是婚外情方面的顧問，即使是處於萌芽階段的婚外情。」

奧利薇夫人認為這裡的氣氛不對勁，這個非比尋常的預感難道是真的嗎？她是個腦筋非常糊塗的女人，他實在無法理解，她究竟是如何構思出那些布局驚險、環節緊湊的偵探故事。話說回來，儘管她頭腦有如漿糊，卻常能突然悟出事情的真相而令他大吃一驚。

「時間太短了，太短了，」他對自己喃喃說，「這裡是不是真如奧利薇夫人所猜測的，內情不單純呢？我也認為是有點不對勁。可是是哪裡不對呢？誰能為我指點一二呢？我必須對宅邸裡的人有更多的了解，而且是多多益善。什麼人能夠告知我這些呢？」

思考片刻後，他便抓起帽子（白羅從來不會冒險光著腦袋走到晚風中），匆匆走出房間，下樓去了。他遠遠就聽見馬斯頓夫人低沉嗓音所吠出的獨斷叫聲，更近處，則是喬治爵士以充滿戀慕的口氣揚起的聲音。

「這面紗配上你可真漂亮。我要有你這麼個妻子就好了，莎莉。明天我要好好算個命。你能為我算出什麼來呢，嗯？」

一陣輕微的拉扯聲傳來，莎莉．萊格喘著氣說：「喬治，別這樣。」

白羅揚起眉毛，從鄰近的一個便門溜到屋外。他以最快的速度來到屋後的車道，出於良好的方向感，他認為這個後車道的某一段應該和前車道相通。

他的努力沒有白費，也因此讓他有些氣喘，他終於來到福立亞太太身邊，還殷勤地接過了她手中的園藝工具籃。

「夫人，我來幫您忙。」

「噢，謝謝，白羅先生，你真體貼。不過籃子並不重。」

「就讓我幫你拿到家門口吧。你就住在附近？」

「事實上，我就住在大鐵門旁邊的小屋舍裡，是喬治爵士好心租給我的。」

住在她故宅大鐵門旁邊的小屋舍裡。白羅不知道，她對這樣的際遇心裡不知做何感想。她的神態一派從容，他無從了解她的感受。他改變話題，說道：「史達柏夫人比她丈夫要年輕許多，是吧？」

「她小他二十三歲。」

「她長得非常漂亮。」

福立亞太太說，語氣依然冷靜。

「海蒂是個乖巧的孩子。」

他沒想到會聽到這種答覆。福立亞太太接著又說：「你知道，我非常了解她。我照顧過她一段時間。」

「這我倒不知道。」

「你怎麼可能知道呢？這段經歷說來有點悲慘。她的族人在西印度群島有個事業，從事蔗糖生意。一次地震之後，他們的房子被燒毀了，她的父母和兄弟姊妹全都葬身火窟。海蒂當時人在巴黎的一家修道院裡，就這樣突然失去了所有的血親，被孤零零地留在世間。後來她的遺囑執行人認為海蒂在海外已經住過一段時間，可以由人伴護進入社交界了，我就承擔了這個角色。」福立亞太太露出酸苦的笑容，接著又說：「有時候，我也會看場合把自己裝扮得很體面，而且，不用說，我還有必要的人脈關係。事實上，前地方首長就是我們家的好朋友。」

「當然，夫人，這一切我都能理解。」

「對我來說，這是一場及時雨，當時我正處在困難時期。我丈夫在戰爭爆發前就過世了。在海軍服役的大兒子和軍艦一起沉沒海底，而我那個遠在肯亞的小兒子回國參加了突擊隊，在義大利殉難。這意味著我需繳納三份遺產稅，我不得不將這棟宅邸標價出售。我個人一貧如洗，很樂意有個年輕人讓我照顧，陪著我到處旅行打發時間。我慢慢喜歡上海蒂，而且愈來愈喜歡她，或許這是因為我發現她——我們不妨這樣說——沒有足夠的能力來保護自己，獨立生活。白羅先生，請你了解，海蒂並不是智力上有缺陷，而是像我們鄉下人所說的，『頭腦簡單』。她很容易被人牽著鼻子走；她太溫順，對別人的意見簡直言聽計從。我自己認為，她沒錢倒是件好事。如果她是財產繼承人，境況可能會更加困難。她對男人有吸引力，又是天生耳根軟，容易受人擺布，她絕對需要別人照料。在她雙親的財產終於理清楚之後，我們發現她家的蔗園已被摧毀，負債多於資產。我只能說謝天謝地，有個喬治·史達柏這樣的男人愛上她，還願意娶她。」

「確實，或許這是個解決辦法。」

「喬治爵士，」福立亞太太說，「是個白手起家的人，而且……我們也不必避諱，可說是個不折不扣的粗人，但基本上是個正派善良的人，並且擁有萬貫家財。我不認為他期望妻子做他的心靈伴侶，而這也無可厚非。海蒂能夠滿足他想要的一切。她能將那些衣服和首飾表現得十全十美，個性熱情又溫順，對他也滿意得很。我承認，我很慶幸有這樣圓滿的結局，因為我曾強力影響她，要她答應他的求婚。如果這種結合最後換得的是不幸，」她的聲音有些顫抖。「那我讓她嫁給一個年齡大她許多的男人，就真是罪過了。你知道，一如我所說，海蒂非常容易受別人影響。任何和她相處過一段時間的人都可以左右她。」

「在我看來，」白羅以稱許的語氣說道，「你為她做了最為深謀遠慮的安排。我不像英國人那樣浪漫。婚姻要美滿，光考慮浪漫是不行的。」

他接著又說：「至於這個地方，納塞莊園，真是個風景絕美的勝地。正如俗話所云，堪稱是世外桃源。」

「既然我不得不賣掉納塞莊園，」福立亞太太的聲音在發抖。「我很高興是喬治爵士買下了它。戰爭期間莊園被軍隊徵用過，戰後原本可能被別人買去改建成旅館或學校，那麼房間便會被分割、加上隔間，它的自然美也會被破壞無遺。我們的鄰居富萊奇夫婦不得不賣掉他們的胡丹園，現在那裡成了一間青年招待所。我很高興年輕人在那裡能過得愉快，幸好胡丹園是一座維多利亞晚期式樣的建築，沒有太多建築上的價值，改掉也無所謂。我擔心的是，有些年輕人會私自闖進我們的莊園。喬治爵士為此非常生氣，那些人有時候確實會亂砍亂闖，破壞那些稀貴的灌木叢，他們想從這裡找一條去渡口的捷徑，好到河的對岸去。」

現在，他們已經站在莊園的大鐵門旁。那個小屋，一個白色平房，就立在車道後面，周圍是個有圍欄的小花園。

福立亞太太一面道謝，一面從白羅手中接過籃子。

「我一直很喜歡這個小屋，」她說，深情地望著那房子。「我們的園丁領班默德爾在這兒住了三十年。我覺得它比山頂上的小木屋好得多，雖然喬治爵士已經將那小木屋擴建，翻修得比原來更現代化。他不這麼做不行。因為目前我們請的園丁領班是個年輕人，有個年輕的妻子……這些年輕女人沒有電熨斗、現代廚具、電視機等各式各樣的電器就過不下去。一個人總得跟上時代，」她嘆了口氣。「現在，這莊園裡幾乎找不到舊日的老人了，全部是新面孔。」

「夫人，我很高興，」白羅說，「至少你有個安身之處。」

「你知道斯賓塞[8]的幾句詩嗎？『玩耍嬉戲後安然入睡，搏風鬥浪後進港泊岸，彌天戰火後寧靜平和，度過人生後永遠安息，皆能帶來無比的快樂……』」她頓了頓，又以同樣的聲調說道：「白羅先生，這是一個非常邪惡的世界。世界上真的有人非常邪惡。你和我一樣，對這點心知肚明。在年輕人面前，我是不會這麼說的，這種話會讓他們灰心喪志，但這是事實。沒錯，這是個非常邪惡的世界……」

她向他略一頷首，隨即轉身走進那座小屋。白羅靜靜站在那裡，望著那扇關上了的門。

8 斯賓塞（Edmund Spenser, 1552-1599），英國著名詩人。

05

白羅懷著探險的心情，步出宅邸的大鐵門，順著又彎又陡的道路往下走。未久，眼前便出現一個小碼頭。一口大鐘栓著鏈條，上頭貼著一張公告：「欲渡河者請敲鐘」。碼頭邊上停泊著好幾艘小船。一個倚在繫纜柱上的爛眼圈老頭，拖著腳步朝白羅走來。

「先生，您要渡河嗎？」

「謝謝你，不用。我剛從納塞莊園出來，到這裡散散步。」

「啊，您住在納塞莊園嗎？我打小就在那兒做事，我兒子過去也在那兒當園丁領班，而我負責照管船隻。老福立亞先生可喜歡船了，不管什麼樣的天氣都要出來坐坐船。而他那個少校兒子就不喜歡，他只愛騎馬，在馬身上花了不少錢；還有酒……這兩樣可把他折騰夠了，而他太太也跟著受罪。您大概已經見過她了；她就住在大鐵門旁的小屋裡。」

「見過，我剛和她在小屋道別後才過來的。」

「她自己也是福立亞家族的人，是從提維頓地區來的第二代表親。她是園藝方面的好手，那些開花的灌木都是她栽種的，甚至在戰爭期間，兩位年輕先生去打仗，莊園被徵用的時候，她也照樣照料那些灌木，沒讓它們荒廢掉。」

「兩個兒子都死了，她一定很不好受。」

「啊，她是有過一段苦日子，吃過各種苦頭。她丈夫老惹事生非，兩個兒子也是。倒不是亨利先生。他是個年輕紳士，人好得不能再好。他像他爺爺，喜歡航行，後來理所當然地進了海軍。可是詹姆斯先生給她捅了好多嘍子，債台高築又愛玩女人，而且脾氣衝得不得了。兩個兒子當中，一個不肯走正道，可是打仗倒是如魚得水，你也許可以說，這給了他機會。啊！不少人在和平的時候不走正道，可是打仗的時候倒死得英勇壯烈。」

「這麼說，」白羅說，「納塞莊園裡已經沒有福立亞家的人了？」

老頭突然收住話頭。

「您說得一點也沒錯，先生。」

白羅好奇地打量著老人。

「這所莊園現在屬於喬治．史達柏爵士。本地人對他的看法如何？」

「我們都知道，」老頭說，「他錢多得要命。」

他的聲音聽起來酸溜溜的，幾乎帶著幸災樂禍的味道。

「他太太呢？」

「啊，她是個從倫敦來的漂亮女人。她不喜歡花園。大家都說，她這兒有問題。」

他意味深長地點點自己的太陽穴。

「這倒不是因為她風評不好，也不是說她待人不客氣。他們來這兒一年多了，買下這塊地方後，把裡裡外外整建得煥然一新。我老覺得他們好像是昨天才到這兒的。他們是某天晚上到的，我記得前一天還颳了一陣大風；從沒見過這麼大的風，樹木被吹得東倒西歪，有一棵被颳斷後橫躺在車道上，我們只好匆匆忙忙把它鋸開，好把車道清出來。那棵大橡樹也倒了，倒下來的時候還壓垮了好些樹，場面亂得你沒法想像。」

「噢，就是現在建了福殿的那塊地？」

老人側過身去，厭惡地唾了一口。

「東叫一個『福殿』，西叫一個『福殿』，這東西不過就是個新鮮的無聊玩意兒。福立亞先生在世的時候，根本就沒有福殿這種東西。這福殿是那位貴婦的主意。他們來這兒三個禮拜不到就蓋起來了。我一點也不懷疑，一定是她向喬治爵士吵來的。瞧它立在樹林裡的那副蠢相，就像個異教徒的廟宇。一個漂漂亮亮的夏季別墅，被弄得像彩繪玻璃一樣俗氣。對它我簡直無話可說。」

白羅淡淡笑了笑。

「倫敦的仕女，」他說，「一定有她們自己的癖好。福立亞家族的時代過去了，真令人遺憾。」

「先生，您可別這麼認為，」老人哈哈地笑著。「納塞莊園永遠有福立亞家族的人。」

「可是房子已經歸喬治・史達柏爵士所有了。」

「或許吧。但還有一個福立亞家的人在這兒呢。啊！這家的人可是少見的機靈。」

「這話怎麼說？」

老人曖昧地斜睨他一眼。

「福立亞太太一直住在小屋裡，對吧？」他問。

「對，」白羅緩緩說道，「她住在小屋裡，而她覺得這是一個非常邪惡的世界，真的有人非常邪惡。」

老人定定地盯著他。

「啊，」他說，「或許，你領會到什麼了吧？」

他又拖著腳步走開了。

白羅慢慢越過小丘，回頭朝宅子走去。一路上他氣惱地問自己：「我領會到什麼了呢？」

§

赫丘勒・白羅仔細梳洗了一番。他在八字鬍上抹了些芳香的潤鬚膏，把兩角撚得尖尖的。他後退一步，帶著滿意的神情打量鏡中的自己。

他走下樓去。一聲鑼響迴盪在整個宅子裡。

鑼聲由弱到強，又由強到弱，有如一場藝術表演。男管家敲完鑼，將鑼錘掛回吊鉤，他那黝黑而憂鬱的臉龐露出愉快的表情。

白羅自忖：「一封勒索信，可能出自女管家之手，也可能是男管家寫的……」這個男管家看來就像個寫敲詐信的高手。白羅心想，奧利薇夫人創造的那些角色，是否就是以真實生活中的人物為藍本呢？

布魯威小姐穿著一套並不合身的薄紗花洋裝從大廳走過。白羅趕上她，問道：「這裡可有女管家？」

「噢，沒有，白羅先生。我想現在分工沒那麼精細了，當然，除非是真正的名門豪宅。噢，沒有，我就是女管家……在這棟房子裡，與其說我是祕書，有時候，不如說我更像是管家。」

她尖酸地短笑一聲。

「原來你就是女管家？」白羅陷入思索。

他無法想像布魯威小姐會寫敲詐信。但如果說是匿名信，那又另當別論。他知道有許多匿名信都是出自布魯威小姐這種女人之手：她們穩健、可靠，絕不會引起周遭人的懷疑。

「那位男管家叫什麼名字？」他問。

「亨頓。」布魯威小姐顯得有些驚訝。

白羅回過神來，立刻解釋。

「我問他的名字，是因為我似乎在哪裡見過他。」

「很可能，」布魯威小姐說，「這些人在任何地方好像都待不過四個月以上。要不了多久時間，他們就會做遍全英國需要這種人的地方。話說回來，現在雇得起男管家和廚子的人已經不多了。」

他們走進大廳，喬治爵士正在勸大家喝雪利酒。他穿著一件大禮服，不知為什麼，看來十分不自然。奧利薇夫人穿著鐵灰色的綢緞衣服，活像一艘報廢的老戰艦。一頭烏黑秀髮的史達柏夫人正低頭看著《時尚》雜誌上的時裝款式。

萊格夫婦和吉姆．沃伯頓在爭論。

「我們今晚可有得忙了，」沃伯頓警告他們。「今晚不能打橋牌，大家都要去幫忙，還有一大堆的通知單和算命用的大張卡片要寫。我們要給算命女郎起個什麼名字呢？叫朱莉卡夫人？埃斯梅拉達？還是吉普賽女王的名字羅曼妮．莉？」

「東方色彩太重了，」莎莉說，「在做農的地方，每個人都討厭吉普賽人。朱莉卡夫人聽起來還不錯。我把顏料盒帶來了，我想麥克可以為我們畫一條彎彎曲曲的蛇來裝飾那塊招牌。」

「叫埃及豔后克麗奧派屈拉如何？是不是比朱莉卡夫人要好？」

亨頓出現在門口。

「準備上晚餐了，夫人。」

他們魚貫走進餐廳。長桌上點著蠟燭，房間裡一時人影幢幢。

沃伯頓和亞歷克．萊格分別坐在女主人兩側，白羅坐在奧利薇夫人和布魯威小姐當中。布魯威小姐興致勃勃地談著隔天活動的準備工作。

奧利薇夫人心不在焉地坐著。她沉浸在自己的思緒中，幾乎不曾開口。最後她終於打破沉默，但解釋有些自相矛盾。

「別為我操心，」她對白羅說，「我正在回想我有沒有忘了什麼。」

喬治爵士打從心底笑出來。

「是個無法挽救的差錯？」他問。

「正是如此，」奧利薇夫人說，「總會有個百密一疏。有時候書都付印了，你才發現這種錯誤。那真是痛苦！」她的情緒反映在臉上。她嘆了口氣。「奇怪的是，大部分的人完全沒注意到。我對自己說：『廚師一定會注意到有兩片肉剩下沒人吃。』可是根本沒人想到。」

「這第二塊肉片的謎案，」坐在桌子對面的麥克．韋曼俯身過來，口裡說道，「可把我給困住了。不過，請你千萬別解釋，我想留待我洗澡的時候慢慢思索。」

奧利薇夫人心不在焉地對他笑笑，再度陷入沉思。

史達柏夫人也沉默不語，時不時打著哈欠。沃伯頓、亞歷克．萊格和布魯威小姐隔著她交談著。

眾人紛紛走出餐廳之際，史達柏夫人在樓梯邊停下腳步。

「我要去睡覺了，」她說，「我好睏。」

「噢，夫人，」布魯威小姐大聲說道，「可是還有好多事情要做。我們還指望你來幫我們呢。」

「沒錯，我知道，」史達柏夫人說，「可是我要去睡覺了。」

她說話的語氣帶著心滿意足，像個小孩。

喬治爵士正好從餐廳裡走出來，她將頭轉了過去。

「我累了，喬治，我要去睡覺。你不介意吧？」

他走到她面前，愛憐地拍拍她的肩頭。

「你去吧，睡個好覺，海蒂，這樣明天才會精神飽滿。」

他輕輕吻了她一下。她一邊上樓一邊揮手喊道：「大家晚安。」

喬治爵士對著她微笑。布魯威小姐深吸一口氣，驀地轉過身去。

「來吧，各位，」她說，輕快的聲音一聽就知道是強顏歡笑。「我們得去『幹活』了。」

每個人立刻動手做起自己的事。由於布魯威小姐不能隨時在旁盯著，不久就有幾個人開始摸魚。麥克・韋曼在一張招貼上畫了一條非常醒目的蛇和廣告詞：「朱莉卡夫人能算出你的命運」，但之後隨即悄然離去。亞歷克・萊格做了些誰也不知道的零星小事，接著藉故要去檢查投環遊戲，一去就沒再露面。只有那些女人，一如所有的女人，起勁而認真地埋首工作。赫丘勒．白羅則以女主人為榜樣，早早就上床睡覺了。

§

翌晨九點半，白羅走下樓來進早餐。進早餐的方式和戰前一樣：一個電熱爐上頭放著一排熱盤。喬治爵士吃的是全套的英氏早餐：炒蛋，培根和腰子。奧利薇夫人和布魯威小姐吃的也大同小異，只是分量少些。麥克．韋曼正嚼著滿滿一盤冷火腿。只有史達柏夫人對這些豐盛的美食視而不見，光是啃著一片薄吐司，啜著黑咖啡。她戴著一頂粉紅色的大寬帽，在早餐桌上顯得甚是奇特。

郵差才剛來過。布魯威小姐面前放著一大疊信，她立刻開始動手分信，將信件分成好幾堆。所有標註「喬治爵士親啟」的信，她都一一遞交給他，其餘的則由她自己拆看，再分門別類排好。

史達柏夫人收到三封信。她打開兩封顯然是帳單的信，並隨手扔到一旁。接著她拆開第三封，突然大聲叫出來。

「噢！」

這聲叫喊充滿了驚訝，大家紛紛轉過頭去看她。

「是歐帝安來的信，」她說，「我表哥歐帝安。他要搭乘遊艇到這裡來。」

「讓我看看，海蒂。」

喬治爵士伸出一隻手。她將信遞過去，喬治爵士將信紙展平，讀了起來。

「這個歐帝安．德蘇沙是什麼人？你說是你表哥？」

「我想是吧，是二表哥，我不大記得他了……幾乎一點也記不起來了。他……」

「他怎麼樣，親愛的？」

她聳聳肩。

「沒什麼，都是很久以前的事了，那時候我還很小。」

「那你應該不大記得他了。不過，我們當然要讓他覺得賓至如歸，」喬治爵士說得真心誠意。「遺憾的是我們今天有遊園活動，但我們應該邀他共進晚餐。也許我們能留他住上一兩夜，帶他看看鄉村景色？」

喬治爵士真是個熱情好客的鄉村仕紳。

史達柏夫人一語不發，只是低頭瞪著自己的咖啡杯。

大家的話題難免又轉到園遊會上。只有白羅沒有加入談話。他冷眼觀察坐在桌首那個苗條而異國風味十足的身影。他不知道她腦子裡在想什麼。就在這時候，她抬起眼眸，沿桌子朝他的座位迅速投來一瞥。那目光是如此的精明而警醒，他心頭不禁一驚。然而當他們四目相接，那精明的神態立刻消逝，再度變得茫然空洞。可是，剛才那種冷靜、充滿心機和戒心的神情確實出現過……

或許這只是他的想像？有人說，智力稍有缺陷的人，常會表現出一種自然的狡詐，讓最了解他們的人也大感意外，難道真是如此？

他暗自思忖，史達柏夫人確實是個謎樣的人物。大家對她的看法似乎南轅北轍。布魯威小姐私下說過，史達柏夫人對自己的所作所為一清二楚，但奧利薇夫人認定她智能不足。而與她相處甚久而且十分親近的福立亞太太，則說她不大正常，需要別人照料和衛護。

布魯威小姐或許是心存成見。她討厭史達柏夫人，因為她怠惰又孤芳自賞。白羅想，不知道布魯威小姐是不是在喬治爵士婚前就是他的祕書。果真如此，她是很容易對這種「改朝換代」心存憤恨的。

白羅自己本來完全同意福立亞太太和奧利薇夫人的看法……直到今天早晨。不過，話說回來，這種轉瞬間的印象真的可靠嗎？

史達柏夫人猛然從桌邊站了起來。

「我頭痛，」她說，「我要回房間躺躺。」

喬治爵士焦急地跳起來。

「親愛的，你沒事吧？」

「只是頭痛而已。」

「今天下午你就會好起來，對吧？」

「嗯，我想是。」

「吃點阿斯匹靈吧，史達柏夫人，」布魯威小姐以輕快的語氣說道，「你有藥嗎？要不要我替你拿幾片來？」

「我有。」

她朝門口走去，剛才一直捏在手上的手絹掉落在地上。白羅立刻趨前幾步，悄悄撿了起來。

喬治爵士正待跟著妻子步出飯廳，布魯威小姐把他叫住。

「喬治爵士，關於今天下午汽車停放的問題，我等會要給米契爾一個交代。你覺得是照你所說的那個辦法最好……」

白羅走出房間，沒把這句話聽完。

他在樓梯上趕上了女主人。

「夫人，你掉了這個。」

他頷首鞠躬，將手絹遞過去。

她漫不經心地接下它。

「是我掉的嗎？謝謝你。」

「夫人，你病了，真令人心急。尤其你表哥就要來了。」

她以幾近火爆的聲音立刻答道：「我不想見歐帝安。我不喜歡他，他很壞，一向就壞。我怕他，他專門做壞事。」

飯廳的門打開了，喬治爵士穿過大廳，登上樓梯。

「海蒂，我可憐的小寶貝。我去幫你蓋被子。」

兩人一起走上樓梯，他的手臂溫柔地摟著她，臉上盡是憂心和關切。

白羅仰頭望著他們的背影，一轉身，碰上了手裡攥著報紙匆匆走過來的布魯威小姐。

「史達柏夫人的頭痛……」他起了話頭。

「她頭痛個鬼！」

布魯威小姐怒氣沖沖說道，接著立刻走進她的辦公室，隨手將門帶上。

白羅嘆息一聲，走出前門來到露台。馬斯頓夫人開著一輛小車剛到不久，現在正指揮著茶水帳篷搭架，洪亮的嗓子精力十足地左支右使。

她轉過身來向白羅打招呼。

「這些事情真是煩人，」她說，「什麼東西都放錯地方，老是這樣。不對，羅傑斯！再往左一點，往左……不是往右！白羅先生，你覺得天氣如何？在我看來很不保險呢。當然，要是下雨的話，一切都毀了。今年夏天不同於往年，天氣好極了。喬治爵士在哪裡？我要和他談談停車的問題。」

「他太太頭痛，躺著休息去了。」

「今天下午她就會好了，」馬斯頓夫人信心十足地說，「你知道，她很喜歡大場面。她會打扮得漂漂亮亮的，高興得像個孩子。請幫我從那邊拿些釘子過來好嗎？我想把高爾夫球計數的地方標出來。」

白羅就這樣被迫加入勞役，而且被當成了好用的學徒，讓馬斯頓夫人毫不留情地支來使去。在繁重勞務的間隙裡，她還紆尊降貴地趁空和他聊上幾句。

「我發現，什麼事情都得親自動手，非這樣不可……對了，我相信你是艾利奧家的朋友吧？」

由於長期旅居英國，白羅明白這是一種社會認可的指標。馬斯頓夫人的意思其實是：「儘管你是外國人，不過我知道你是我們的一份子。」

她繼續以親密的口吻和他聊天。

「再度有人住進納塞莊園真好。我們本來都很擔心它會變成旅館。現在的情況你是知道的，你開車經過鄉下，會看到一個接一個的招牌：『客房出租』、『私人旅店』或『一級飯店，有售酒執照』。這些房子都是當年我們當小姐時住過的，要不然就是在那裡跳過舞。真是悲哀。不過，我為納塞莊園感到慶幸。可憐的艾蜜・福立亞也這麼想。她這一生坎坷得很，但我得說，她從沒抱怨過。喬治爵士為納塞莊園做了許多了不起的事，並沒有讓它變得俗不可耐。不知道這是受了艾蜜・福立亞的影響，還是他這人天生品味就高。你知道，他的品味真是不錯。像他那種男人竟然可以這樣，真叫人意想不到。」

「我聽說，他並不是一個擁有祖產的上流階層人物？」白羅問得很謹慎。

「其實他根本不是真正的『喬治爵士』；據我所知，這只是他受洗的教名。我相信，這是從『喬治·桑格爵士馬戲團』這個名稱得到的靈感。真是好笑。當然，我們嘴巴上從來不說。你總得包容有錢人一些小小的勢利虛榮，你說是不是？有意思的是，儘管出身如此，可是喬治·史達柏卻處處吃得開。他可說是今之古人，完全是十八世紀鄉村仕紳的模樣。我敢說，他身上流著高貴的血液。據我猜想，他父親是個上流紳士，母親則是酒吧服務生。」

馬斯頓夫人收起話頭，衝著一個園丁大叫：「不是在杜鵑花旁邊。你得在右邊留出九柱戲的地方來。右邊，不是左邊！」她又回頭繼續說：「連左右都分不清楚，真奇怪。那個叫布魯威的女人很能幹。她不喜歡可憐的海蒂。有時候她會瞪著海蒂，那眼神好像恨不得把她殺了。很多能幹的祕書都會愛上自己的老闆。啊，你覺得吉姆·沃伯頓現在會在哪裡？他稱自己是上尉，真是好笑透頂。其實他連個正規兵都不是，而且一個德國人都沒見過。當然，這年頭你只好將就了，有什麼用什麼。他是挺勤快的，只是我總覺得他有點靠不住。啊！萊格夫婦來了。」

莎莉·萊格穿著寬鬆長褲和一件黃色套頭衫，她快活地說：「我們是來幫忙的。」

「要忙的可多了，」馬斯頓夫人大聲說，「讓我想想……」

白羅趁她不注意，悄悄溜走了。當他拐過房角，朝著門前露台走去時，他又看到了一齣新的戲碼。

樹林裡走出兩個年輕女孩，都穿著短褲和色彩鮮豔的襯衫。她們站在那裡，躊躇地打量著這棟房宅。他認出其中一個是他昨天用汽車載過的義大利女孩。喬治爵士從史達柏夫人臥室的窗口探出身子，怒氣沖沖地對她們喊著：「你們闖進民宅了。」他大叫。

「什麼？」戴著綠頭巾的女孩說。

「你們不能從這裡經過。這是民宅。」

另一個戴著寶藍色頭巾的女孩以輕快的聲音說道：「請問納塞峽谷碼頭……」她的發音顯得小心翼翼。「是這條路嗎，請問？」

「你們闖入民宅了。」喬治爵士吼道。

「你說什麼？」

「闖入民宅！這裡走不過去。你們得回去。回去！回到你們原來的路去。」

他邊說邊比手畫腳，她們緊盯著他看。接著她們以連珠砲似的外國話商量了一會，最後藍頭巾女孩猶豫地說：「回去？回去招待所？」

「對。你們要從那條路……那條路……繞出去。」

她們不情不願地退了回去。喬治爵士抹抹眉毛，從上面俯視著白羅。

「我的時間都浪費在擋人上了，」他說，「他們以前老是從上面那道鐵門穿過來，我就把它上了鎖。現在他們改從樹林裡穿過來了，而且是翻籬笆過來的。他們以為從這條路可以很快走到河邊的碼頭。當然，是可以走到，而且快得多。可是他們沒有權利走這條路，絕對沒有。而且他們幾乎都是外國人，根本不懂你說的話，光是用荷蘭話或其他什麼語言胡亂回答你。」

「我想，這兩位一個是德國人，另一個是義大利人。昨天我從車站過來的路上，見過那個義大利女孩。」

「他們的語言五花八門……什麼，海蒂？你說什麼？」

他轉身退回房內。

白羅轉過身去，看見奧利薇夫人和一個發育良好、穿著女童軍制服的十四歲女孩站在他身旁。

「這是瑪琳。」奧利薇夫人說。

瑪琳咯咯笑。

「我就是那具可怕的『屍體』，」她說，「不過我身上不會有血。」她的聲音透著失望。

「沒有血？」

「沒有。只是被一條繩子勒死，就完了。我倒情願被刺死，這樣身上就可以塗上好多紅色顏料。」

「沃伯頓上尉認為那樣可能過於逼真了。」奧利薇夫人說。

「我認為謀殺案都應該有血。」瑪琳說，滿臉的不高興。

她望著白羅，眼神透著濃厚的興趣。

「你遇過很多謀殺案，是不是？她說的。」

「一兩樁吧。」白羅謙虛地說。

他警覺地注意到，奧利薇夫人慢慢走開了。

「有沒有色情狂？」瑪琳熱切地問。

「當然沒有。」

「我喜歡色情狂，」瑪琳說，語氣甚是嚮往。「我的意思是，我喜歡看這類的書。」

「如果你真碰到色情狂，你可能不會喜歡。」

「哦，這很難說。你知道嗎？我相信我們附近就有一個色情狂。我爺爺有一回在樹林裡看見一具屍體，他嚇壞了，轉身就逃；等他再回去看，屍體已經不見了。他說是個女人的屍體。不過我爺爺有些瘋癲，所以沒人信他的話。」

白羅設法脫了身，迂迴繞了個圈子回到屋內，躲進自己的房間。他覺得自己需要好好靜一靜。

06

午餐吃得很早，而且是一頓速戰速決的冷盤自助餐。兩點半時，一個小牌電影明星會來主持園遊會的開幕。天氣在擺過一陣像要下雨的陰沉面孔後，也開始好轉。三點時，園遊會達到了高潮。大批人潮買了兩個半先令一張的入場券，汽車全都停放在長車道的一側。青年招待所的學生成群結隊來到，操著外國語言大聲談笑。馬斯頓夫人果然未卜先知，將近兩點半時，史達柏夫人便從她的臥室裡鑽出來了。她穿著一身仙客來紅的衣裳，頭戴一大頂黑色稻草編的苦力帽，全身上下珠光寶氣。

布魯威小姐低聲諷刺道：「她八成以為這是艾斯科的皇家賽馬場！」

白羅卻煞有其事地恭維她。

「您這一身打扮太出色了，夫人。」

「很漂亮，對不對，」海蒂開心地說，「我去看艾斯科賽馬時，也是這一身穿戴。」

小明星的車到了，海蒂趨向前去迎接她。

白羅退到人群中，怏怏不樂地信步閒逛……一切似乎進行得很正常，就像所有的園遊會一樣。球打椰子的遊戲由熱心的喬治爵士親自坐鎮，另外還有九柱戲和投環套物的遊戲。各式各樣的攤子陳列著水果、蔬菜、果醬和糕餅等當地土產，也有一些攤子擺出了「珍奇物品」。有人以抽獎手法賣東西，賣蛋糕、一籃籃水果，甚至好像也有賣豬的。還有一個為孩子們準備的「摸彩袋」，兩便士摸一次。

人群已經熙熙攘攘，兒童舞蹈表演開場了。白羅沒看到奧利薇夫人的蹤影，只見史達柏夫人那身粉紅身影在人潮中時隱時現。然而，大家注意力的焦點似乎集中在福立亞老太太身上。她有如改頭換面，身上一襲繡球花藍的印花軟綢長袍，頭上一頂時髦的灰寬帽，那模樣就像是她在主持一切，迎接新到的客人，指引遊客參加各種活動等等。

白羅在她近旁流連，聽到一些談話內容。

「艾蜜，親愛的，你好嗎？」

「噢，潘梅拉，你和愛德華都來了，太好了。從提維頓來到這裡路可不近呢。」

「天公真為你作美啊。還記得戰前那年嗎？四點左右來了一場暴雨，把整個園遊會都給毀了。」

「不過，今年夏天的天氣一直很好。桃樂絲！我們好久沒見面了。」

「我們覺得非來一趟不可，看看納塞莊園的富麗景象。我看到你把岸邊的小樹叢給剪掉了。」

「沒錯，這樣繡球花會更顯眼一些，你說是不是？」

「那些花真漂亮，瞧它藍得多美！不過，親愛的，你去年還真製造了不少奇蹟。納塞莊園真的開始恢復舊觀了。」

桃樂絲的丈夫以低沉而宏亮的嗓音說：「戰爭期間我到這兒來見司令官的時候，心都快碎了。」

福立亞太太轉過身去迎接一位地位低些的來客。

「納珀太太，真高興見到你。這是露西嗎？她長得多快呀！」

「明年她就要從學校畢業了。夫人，您看來氣色真好，真叫人高興。」

「我很健朗，謝謝。露西，你一定得到套環遊戲那兒去碰碰運氣。納珀太太，等一下我們在茶棚裡見。我會到那裡為各位奉茶。」

一位老先生，應該是納珀太太的丈夫，訥訥說道：「看到您又回到納塞莊園，我好高興，夫人。我好像回到了舊日時光。」

兩個女人和一個粗壯結實的男人朝福立亞太太衝過來，淹沒了她的回答。

「艾蜜，親愛的，多久沒見了。這次園遊會看來真是成功之至！你一定得告訴我，你是怎麼收拾那座玫瑰園的。穆利爾告訴我，你要用新枝把玫瑰園重新插一遍。」

那個壯實的男人插嘴道：「瑪麗蓮．蓋爾在哪裡？」

「雷吉好想見她。他看過她最新拍的影片。」

「就是戴大寬帽的那個嗎？老天，她的打扮真特別。」

「親愛的，別傻了。那是海蒂·史達柏。你知道，艾蜜，你真不該讓她像個模特兒似的晃來晃去。」

「是艾蜜嗎？」又一個朋友向她打招呼。「這是羅傑，愛德華的兒子。親愛的，你能回到納塞莊園來真好。」

白羅慢慢走開。他漫不經心地掏出一先令，買了一張也許能為他贏得那頭豬的彩券。他隱約聽到身後「看到你來真高興」的招呼聲依然不絕於耳。福立亞太太完全沉浸在女主人的角色裡，他不知道她對這一點是心知肚明，還是渾然不覺？今天下午，她儼然是納塞莊園的福立亞夫人。

現在他正站在一座帳篷旁邊，帳篷上掛著一個招牌：「朱莉卡夫人能算出你的命運，收費二先令六便士」。喝茶時間到了，排隊等著算命的人龍也不見了。白羅低頭鑽進帳篷，心甘情願地奉上兩先令六便士，買到了坐進椅子讓痠痛的雙腳歇息的特權。

朱莉卡夫人穿著一件質地平滑的黑色長袍，頭上纏著一條金絲頭巾，面紗遮住下半邊的臉，語音也因此變得模糊。她握住白羅的手，一只掛滿吉祥飾物的金手鐲叮噹作響，算命的結果也信口流瀉而出，內容不外乎財運亨通、能博得一位黑美人的青睞、奇蹟般地大難不死等等。

「你告訴我的一切都令人開心極了，萊格太太，但願它們能夠實現。」

「噢！」莎莉說，「原來你認出我來了，對不對？」

「我事先已有情報……奧利薇夫人告訴我，本來她要你當『被害人』的，可是後來他們非把你抓去當算命大仙不可。」

「我真希望我能當個『屍體』，」莎莉說，「那要安靜得多，都是吉姆·沃伯頓害的。四點到了沒有？我想喝茶。四點到四點半我休息。」

「還差十分鐘，」白羅看著自己那只老舊的大錶說道，「要不要我幫你端杯茶來？」

「不，不用，我想休息了。帳篷裡悶死了。外面還有很多人在等嗎？」

「沒有。我想，他們正在排隊等著喝茶呢。」

「那好。」

白羅走出帳篷，立刻就被一個鍥而不捨的女人逮住，她硬逼他付了六便士，要他猜猜一塊蛋糕的重量。

投環套物的攤子由一個大媽型的胖女人主持，她一直慫恿他碰碰運氣，而他一下子就套到一個大洋娃娃，令他大為困窘。他抱著洋娃娃畏畏縮縮地走著，正好碰見麥克·韋曼，他站在通往碼頭的路口邊，一臉的鬱悶。

「你好像挺能自得其樂的，白羅先生。」他一面說，一面露出挖苦的笑容。

白羅盯著自己手中的獎品。

「真是恐怖，對吧？」他以憂傷的口氣說道。

他近旁的一個小孩這時候突然大哭了起來。白羅立刻彎下腰去，把洋娃娃塞進那個孩子的懷裡。

「這個給你。」

小孩的眼淚立時就止住了。

「喂，維萊特，這位先生人真好，對吧？說謝謝，非常感謝……」

「兒童奇裝異服秀，」沃伯頓上尉的聲音從喊話筒裡傳來。「第一組……三到五歲的小朋友，請排隊上場。」

白羅朝宅子的方向走去。一個年輕人正用球瞄準椰子，他後退幾步好瞄得準一點，結果猛然撞在白羅身上。那年輕人怒目相向，白羅出於反射道了歉，目光卻被那年輕人襯衫上的花稍圖案吸引住了。他認出這就是喬治爵士說的那種「烏龜花樣」的襯衫，上頭有各式各樣的玳瑁、烏龜和海怪交盤爬行。

白羅眨眨眼。這時候，前天搭過他便車的那個荷蘭女孩走上前來和他說話。

「你也來參加園遊會了？」他說，「你那位朋友呢？」

「噢，她今天下午也來了。我還沒看到她，不過我們約好五點一刻在大鐵門口搭公車一起離開。我們要去托基，我會在那裡換車去普利茅斯，很方便。」

這番解釋讓白羅恍然大悟。他先前一直想不通，這位荷蘭女孩為什麼要滿身大汗的背著沉重的帆布旅行包。

他說：「今天早上我曾看到你的朋友。」

「噢，對，奧爾莎，一個德國女孩和她在一起，她告訴我，她們想穿過那片樹林到河邊的碼頭去。可是屋主先生非常生氣，把她們趕了回來。」

她把頭轉向正在鼓勵觀眾參加球打椰子遊戲的喬治爵士，加上一句：「可是今天下午，他倒是非常有禮貌。」

白羅正待解釋，擅闖私宅的年輕女孩，和以兩先令六便士合法取得觀賞納塞莊園和花園景觀權利的年輕女孩，是不能相提並論的，可是拿著喊話筒的沃伯頓上尉這時闖到他眼前。上尉看來又熱又懊惱。

「你看到史達柏夫人沒有，白羅？有沒有人看到史達柏夫人？說好要她來當服裝秀的評審，可是我到處都找不到她。」

「我剛才看過她，讓我想想……噢，大概在半個小時前。不過後來我就算命去了。」

「這女人真該罵，」沃伯頓氣憤地說，「她躲到什麼地方去了？孩子們都在等，而且已經超過預定時間了。」

他四下張望。

「阿曼達．布魯威哪裡去了？」

布魯威小姐也無影無蹤。

「真是糟透了，」沃伯頓說，「既然打算辦個服裝秀，總得有點合作精神吧。海蒂會去哪裡呢？她大概回屋裡去了。」

他邁開大步，轉身走開。

白羅朝著一塊用繩子搭出的區域擠過去，那裡有個大帳篷正在供應茶水，可是等候的隊伍排得老長，於是他決定作罷。

他參觀了賣精巧工藝品的攤子，一位不肯善罷干休的老太太差點說服他買下一個裝護領用的塑膠盒。

他終於從外圍繞了出去，來到一方可以從安全距離觀察這場活動的角落。

他暗忖，奧利薇夫人會在哪裡呢？

聽到背後傳來腳步聲，他轉過頭去。一個年輕人正順著小徑從碼頭的方向走來。是個膚色黝黑的年輕人，穿著一身無懈可擊的遊艇裝。他停下腳步，彷彿對眼前的情景不知所措。

他帶著不確定的語氣問白羅。

「請問，這是喬治．史達柏爵士的府上嗎？」

「沒錯。」白羅頓了頓，接著大膽猜測。「而你，可是史達柏夫人的表哥？」

「我是歐帝安．德蘇沙……」

「我叫赫丘勒．白羅。」

他們互相鞠躬為禮後，白羅將園遊會的情況解釋了一番。他話剛說完，就看到喬治爵士從球打椰子遊戲的攤子穿過草地朝他們走來。
「德蘇沙嗎？幸會幸會。海蒂今天早上接到你的信了。你的遊艇在哪裡？」
「我泊在赫茅斯了。我是駕快艇沿河而上來到這個碼頭的。」
「我們得找到海蒂才行。她就在附近……我希望你今天能和我們一道進晚餐。」
「你太客氣了。」
「你能留下來過夜嗎？」
「再次謝謝你的好意，不過，我要睡在我的遊艇上。這樣方便些。」
「你打算在這裡停留很久嗎？」
「也許兩三天吧。要看情形。」德蘇沙聳了聳他線條優美的肩頭。
「我相信海蒂一定會很高興的。」喬治爵士禮貌地說，「她去哪裡了？我不久前才看到她。」
他四下張望，一副困惑的表情。
「她應該去兒童服裝秀當評審的，怎麼搞的。對不起，我去問問布魯威小姐。」
他匆匆走開。德蘇沙望著他的背影，白羅望著德蘇沙。
「你好久沒見到你表妹了吧？」他問。
對方聳聳肩。
「從她十五歲以後，我就沒再見過她。她過了十五歲不久，就被送到國外去……在法國的一家女修道院讀書。她從小就是個美人胚子。」

他以探詢的眼光望著白羅。

「她確實是個漂亮的女人。」白羅說。

「那位是她的丈夫嗎？他看起來就像是所謂的『好男人』，不過大概沒受過很好的教育吧？話說回來，海蒂要找個十分相配的丈夫還真是有點困難。」

白羅臉上依然帶著好奇而不失禮貌的神色。對方笑起來。

「噢，這不是什麼祕密。海蒂到了十五歲，智力發育還不健全。低能，你們不是這樣稱呼它嗎？她還是那個樣子嗎？」

「看來似乎是如此……是的。」白羅的用字很謹慎。

德蘇沙聳聳肩膀。

「唉，也罷！何必要求女人聰明過人呢？女人沒有必要那麼聰明。」

喬治回來了，滿臉的惱怒。布魯威小姐跟著他一起過來，她上氣不接下氣地說道：「喬治爵士，我不知道她在哪裡。我最後一次看見她，是在算命大仙的帳篷裡，但那至少是二十分鐘或半個小時前的事了。她也不在房子裡。」

「可不可能，」白羅說，「她去看奧利薇夫人的破案遊戲進展如何了？」

喬治爵士的眉頭豁然舒展。

「有可能。唉，我離不開這裡，我是主人。阿曼達也分不開身。白羅，你能不能四下去找找？你路熟。」

可是白羅其實並不熟。不過在問過布魯威小姐之後，他大致有了個方向。

布魯威小姐很快就把德蘇沙帶走了，留下白羅獨自念念有詞。

「網球場、山茶花園、福殿、苗圃、船屋……」

白羅經過球打椰子的遊戲場，看到喬治爵士帶著燦爛的笑容，將木球遞給早上被他趕走的那個義大利女孩以示歡迎，而她對他這種迥然改變的態度顯然一頭霧水。白羅不禁覺得好笑。

他繼續前進，來到網球場。可是那裡空無一人，只有一個軍人模樣的老先生將帽子蓋住眼睛，在花園椅子上睡得好熟。白羅折返屋子，繼續朝山茶花園的方向走。

到了山茶花園，白羅看見奧利薇夫人坐在一張長椅上兀自沉思著。她穿著一身閃閃發光的紫色衣服，看來頗像西登斯[9]夫人。她示意他在她身旁坐下。

「這裡只是第二個線索，」她啞著嗓子說道，「我想，我把題目出得太難了。還沒半個人到這裡來。」

這時候，一個身穿短褲、喉結突出的年輕人走進了花園。他滿意地大叫一聲，趕緊跑到角落的一棵樹下，接著又放出第二聲滿意的叫喊，表示他發現了第二個線索。從他們面前經過的時候，他忍不住要表現一下他的得意。

「很多人都不知道軟木樹，」他悄聲說道，「第一個線索，那張照片照得夠聰明，不過我一眼就認出來，那是一段網球隔網。在那裡有個毒藥瓶，是空的，還有一個軟木塞。大部分的人都去追瓶子的線索，可是我猜想那並不相干，是軟木樹才對；這些樹很嬌貴，全世界只有這一帶才長得好。我對珍貴的灌木和樹林可是很有興趣的。現在，我該往哪裡去呢？」

他蹙起眉頭，看著他隨身攜帶的筆記本。

「我把下一個線索記下來了，可是，這好像沒什麼道理，」他以猜疑的眼神望著面前那兩人。「你們是來參賽的嗎？」

「噢，不是，」奧利薇夫人說，「我們只是旁觀者。」

「噢。『當可愛的女人屈服於愚蠢』[10]……我覺得我好像在哪裡聽過這句話。」

「這是一句名言。」白羅說。

「『愚蠢』也可以指一種建築物，」奧利薇夫人好心提示他。「白色的，有柱子的。」

她又加上一句。

「這個提示很好！非常感謝。他們說，阿蕊登・奧利薇夫人本人就在附近。我真想拿到她的親筆簽名。你們有沒有在附近見到她？」

9 西登斯（Sarah Siddons, 1755-1831），英國女演員，曾出演莎士比亞筆下的馬克白夫人（Lady Macbeth）。

10 「愚蠢」和莊園內的建築物「福殿」用的是同一個英文字 folly，遊戲中以此雙關語作為線索。

「沒有。」奧利薇夫人答得毫不猶豫。

「我想見見她。她寫的故事太棒了，」接著他壓低嗓門。「不過，別人說她喝酒像灌白開水似的。」

那人匆匆忙忙走了。奧利薇夫人怒氣沖沖說道：「豈有此理！我只喜歡喝檸檬汁，卻把我說成這樣，太不公平了！」

「你不覺得你幫那年輕人找到下一個線索才是最大的不公平嗎？」

「他是目前唯一找到這裡來的人，我覺得他該受到獎勵。」

「可是你又不願意為他親筆簽名。」

「那是另外一回事，」奧利薇夫人說，「噓！又有人來了。」

可是，這回來的兩個女人不是來找線索的。她們花錢買了門票，打定主意要把這個莊園從頭到尾看個夠。

只是她們覺得又熱又不滿意。

「以為他們一定會有些漂亮的花壇，」一個對另一個說，「可是什麼都沒有，除了樹還是樹。我說的花園可不是這個樣子。」

奧利薇夫人用手肘輕輕碰碰白羅，兩人悄悄溜開了。

「如果，」奧利薇夫人心煩意亂地說，「沒有人找得到『屍體』，那怎麼辦？」

「要有耐心，夫人，還要有勇氣，」白羅說，「下午還長得很呢。」

「這倒是實話，」奧利薇夫人說，臉色立刻一亮。「過了四點半就是半價入場了，所以可能會有很多人湧進來。我們去看看瑪琳那孩子吧。你知道，我不大信任那女孩。她沒有責任感。我認為她可能不會專心當『屍體』，而是不聲不響溜去喝茶了。你知道，喝茶這件事在大家心目中有多重要。」

兩人悠閒地沿著林間小徑前行，白羅邊走邊對莊園的地形大發議論。

「我發現這裡的路令人暈頭轉向，」他說，「小路太多，而且你永遠不能確定那些小路會把你帶往何處。樹也多，到處都是。」

「你的語氣真像剛才那個發牢騷的女人。」

他們經過福殿，峰迴路轉地順著小徑走向河邊。船屋的輪廓已經遠遠在望。

白羅說：「如果參加破案遊戲的人用手電筒照進船屋，意外地發現了那具『屍體』，那可就尷尬了。」

「你是說，全然不勞而獲嗎？這我也想過。這就是我把最後一個線索設計成一把鑰匙的原因。沒有它你開不了門。那是一把耶魯彈簧鎖，你只能從裡頭把門打開。」

一道又短又陡的斜坡直下，通往船屋門口。船屋建在河面上，下面是個小碼頭和停放船隻的地方。奧利薇夫人拿出她藏在紫紅色衣褶裡的鑰匙，打開門鎖。

「瑪琳，我們來替你加油打氣了。」她一面往裡走一面輕快地說。

她感到有些懊悔，因為她剛才對瑪琳的忠誠表示懷疑是不公平的。瑪琳正盡責地扮演著自己的角色，她四腳朝天地躺在靠近窗口的地板上，將那具「屍體」很藝術地呈現出來。

瑪琳沒有回答。她動也不動地躺著，風從敞開的窗口輕輕吹進來，攤在桌上的一堆漫畫書沙沙作響。

「好了，」奧利薇夫人不耐煩地說，「只有我和白羅先生，還沒有人找到什麼線索呢。」

白羅皺起眉頭。他輕輕將奧利薇夫人推向一旁，走到地板上的女孩身旁，俯下身去。一聲低呼從他嘴裡衝出。他抬起頭，望著奧利薇夫人。

「這麼說，」他說，「你的預感真的實現了。」

「你該不是說……」奧利薇夫人驚恐地瞪大眼睛。她抓來一把柳條椅，一屁股坐了下去。「你該不是說……她死了？」

白羅點點頭。

「沒錯，」他說，「她死了，才死不久。」

「可是怎麼會……」

他將圍在女孩頭上的鮮豔頭巾掀起一角，好讓奧利薇夫人看到晾衣繩的繩頭。

「就和我設計的謀殺情節一模一樣，」奧利薇夫人說，她的聲音在發抖。「可是，是誰下的手？而且，為什麼呢？」

「這正是問題所在。」白羅說。

他本想加上一句：這也正是她最初的疑問，不過他忍住了。

因為，這些問題的答案不是她所設計的答案。被害人並不是原子科學家那位南斯拉夫籍的前妻，而是一個十四歲的鄉下女孩瑪琳．塔克，而就目前所知，她在這個世上還沒有任何仇人。

／07

布蘭德警官坐在書房一張桌子後頭。他一抵達，喬治爵士就和他見了面，帶他到河邊船屋走了一趟，現在又陪他回到宅裡。攝影小組的人現在正在船屋忙著現場拍照，指紋專家和醫生也剛到達。

「你在這裡可以嗎？」喬治爵士問。

「很好，謝謝你，爵士。」

「還在進行的遊園活動怎麼辦呢？我該實話實說、中止活動，還是怎麼樣？」

布蘭德警官思索片刻。

「到現在為止，你採取了什麼行動沒有，喬治爵士？」他問。

「我什麼都沒說。大家只是隱隱約約知道出了意外，如此而已。我不認為有人會想到，呃……出了命案。」

「那麼，目前就順其自然吧，」布蘭德下了決定。「我敢說，這消息很快就會傳出去。」他帶著譏諷的語氣加上一句。他又思索片刻，這才問道：「你認為這回有多少人參加園遊會？」

「恐怕不下幾百人吧，」喬治爵士回答，「而且隨時都有更多的人湧進來。這些人好像是從很遠的地方趕來的。事實上，這次活動很成功，非常轟動。真是倒楣透了。」

布蘭德警官沒有會錯意，他知道喬治爵士說的倒楣是指謀殺，而非園遊會的成功。

「有幾百人，」他若有所思。「我想，其中任何一個都可能是凶手。」

他嘆了口氣。

「夠離奇的，」喬治爵士以同情的口氣說道。「不過，我看不出誰有行凶的理由。這一切似乎匪夷所思，我不懂，誰會殺了那樣一個女孩子。」

「關於這女孩，你能提供我一些資料嗎？我想，她是本地人吧？」

「是的，她家住在離碼頭不遠的一個村子裡，她爸爸在本地的一個農場工作……我想是佩特森農場。」他接著又說：「她媽媽今天下午也來參加園遊會。布魯威小姐，也就是我的祕書，會一五一十告訴你，她比我清楚多了。布魯威小姐剛把那女人叫出去，大概帶她到什麼地方喝茶去了。」

「很好，」警官帶著讚許點點頭。「喬治爵士，我對這裡的情況還不大清楚。這女孩在河邊的船屋裡做什麼？我聽說這裡正在舉辦一個謀殺遊戲，還是尋寶遊戲之類的活動？」

喬治爵士點點頭。

「沒錯。我們都覺得這是個聰明的點子，只是現在看來沒那麼聰明了。我想，布魯威小姐或許可以為你解釋得更清楚。我叫她來找你，好嗎？除非你還有其他事情要先問清楚。」

「目前沒有，爵士，不過稍後我可能會有更多的問題要請教你。我還想見見幾個人：你和史達柏夫人，還有發現屍體的人。我相信，其中一位就是那個為你設計謀殺遊戲的女作家吧。」

「沒錯，她是奧利薇夫人，阿蕊登．奧利薇夫人。」

警官輕輕揚起眉頭。

「噢，是她！」他說，「暢銷書作家。我自己就讀過她不少作品。」

「目前她的心情很不好，」喬治爵士說，「我想，這是很自然的。要不要我去跟她說你要找她？我不知道我太太在哪裡。她好像完全消失了蹤影。我想她一定是混在這二、三百人當中，而她也不可能對你有多少幫助……我的意思是，關於那女孩和這類的事情。你想先見哪一位呢？」

「我想先見你的祕書布魯威小姐，接著見那女孩的母親。」

喬治爵士點點頭，離開了房間。

羅伯特．霍斯金這位當地警察為他打開房門，待他走出後便關上門，接著不經邀請便開了口，顯然打算對喬治爵士的一番話做點補充。

「史達柏夫人這裡，」他拍拍他的前額。「有點問題，所以他才會說她幫不了什麼忙。智能不足，她就是這樣的人。」

「這位夫人是本地人嗎？」

「不是，是個外國人。有人說她是有色人種，但我自己不這麼想。」

布蘭德點點頭。他一面沉思，一面拿著鉛筆在面前的紙上心不在焉地畫著。接著，他問了一個顯然超出目前所知情況以外的問題。

「霍斯金，這是誰下的毒手？」

布蘭德認為，如果說有人能對眼前狀況掌握到一些頭緒，這人非霍斯金警士莫屬。霍斯金對任何人、任何事都喜歡打破砂鍋問到底。他既身為地方警察，又有個喜歡說長道短的老婆，可以源源不絕地供應他村中私人瑣事的資料。

「如果你問我，我要說，一定是外國人，不會是本地人。塔克這家人沒問題，是個和善、正派的家庭。這家人一共九口，兩個大女兒已經出嫁，一個兒子在海軍，另一個兒子在當國民兵，還有一個女兒在托基一家美容院做事。家裡還有三個小的，兩男一女。」他頓了頓，思索片刻。「他們沒有一個可以稱得上聰明伶俐。不過，塔克太太把家務料理得有條不紊，收拾得乾乾淨淨……她是老么，自己有十一個兄弟姊妹。她的老父親和她住在一起。」

布蘭德默默聽著。這就是塔克家的社會地位和身分的輪廓，雖然霍斯金自有他特殊的形容詞彙。

「所以我說做案的是個外國人，」霍斯金繼續說道，「一定是個在胡丹園招待所落腳的遊客，不可能是別人。那些人當中有幾個鬼頭鬼腦的……還有各種怪事。你要是知道我看見他們在樹叢和林子裡幹過什麼事，包準你大吃一驚！都和那些停在公共用地上的汽車裡幹的事一樣荒唐。」

此時此刻，霍斯金警士在「性事」方面儼然成了專家。在他不上班和喝酒吹牛的時候，這類事情總是他談話的主要內容。布蘭德說：「我不認為，呃，會是這種事。當然，等醫生檢驗完畢，他就會告訴我們。」

「沒錯，長官，這得由他來告訴我們，沒錯。不過我的意思是，你永遠摸不清外國人的底細，他們一轉眼就可能變得面目猙獰。」

布蘭德警官嘆口氣，心想事情不會這麼簡單。霍斯金警士把責任全推到「外國人」身上，在他來說當然是方便不過。這時門開了，醫生走了進來。

「我的事做完了，」他說，「要不要叫他們把她抬走？其他東西也都收拾好了。」

「科崔爾警佐會去處理，」布蘭德說，「怎麼樣，醫生，有什麼發現嗎？」

「簡單明瞭之至，」醫生說，「沒有其他任何跡象，是被晾衣繩勒死的，沒有比這更簡單而輕易的了。事前沒有半點掙扎。我得說，那孩子還沒弄清楚怎麼回事便已氣絕身亡。」

「有沒有強暴的跡象？」

「一概沒有。沒有強暴的跡象，也沒有扭打的痕跡。」

「這麼說，這不是一樁性犯罪的案件？」

「不是，我不認為是。」醫生接著又說，「我也不認為她是個特別吸引人的女孩。」

「她喜歡男孩子嗎？」

布蘭德這個問題的發問對象是霍斯金警士。

「我想他們不太喜歡她，」霍斯金說，「要是他們喜歡，搞不好她還求之不得呢。」

「或許吧。」布蘭德同意。

他的心緒回到船屋那一大落漫畫書上，還有隨意寫在畫頁邊上的塗鴉。「強尼和凱特搞關係」、「喬治·波吉在樹林裡親吻自助旅行的人」。他覺得這多少表現出一些想望。不過大體看來，瑪琳·塔克的死並非出於「性」的動機。當然，這種事誰也說不準。世上還是有些變態的罪犯，那種祕藏著殺人欲望的男人，專門殺害未成年的女孩。在這個度假季節裡，或許這裡就有這樣的人。他幾乎已經相信事情必然是如此；如果不是這樣，他實在看不出有何理由犯下這種毫無道理的罪行。不過他想，我們才剛開始，最好再聽聽其他人的說法。

「她的死亡時間是？」他問。

醫生對著掛鐘瞄了一眼，又看看自己的手錶。

「現在是五點半剛過，」他說，「我看到她屍體的時候大約是五點二十分，那時候她死去已有一小時左右。這是粗略的估計，我們就說事情發生在四點到四點四十分之間好了。如果屍體解剖後還有任何發現，我會告訴你。」他又說：「你遲早會看到我長篇大論的詳細報告。我得走了，我還要去看幾個病人。」

他走出房間。布蘭德警官要霍斯金去請布魯威小姐。

布魯威小姐走進房間，他的精神微微一振，立刻就意識到這人能幹俐落，對於他的問題勢必會得到清楚而明確的答覆，毫不含糊。

「塔克太太在我的客廳裡，」布魯威小姐一邊說一邊坐下。「我把情況告訴她了，還為她倒了杯茶。她非常難過，這是當然。她想去看屍體，我告訴她最好別去。塔克先生六點下班，說好會到這裡來接她。我已經叫他們注意，他一到就把他帶到這裡來。那幾個小一點的孩子還在園遊會裡，有人照顧著。」

「太好了，」布蘭德警官說，口氣充滿讚許。「在見塔克太太之前，我希望你和史達柏夫人能告訴我一些事，讓我清楚狀況。」

「我不知道史達柏夫人的去向，」布魯威小姐尖酸地說。「我想她一定是對園遊會感到厭煩，所以晃蕩到別處去了。不過，我不認為她比我更能讓你清楚狀況。你到底想了解什麼呢？」

「首先，我想知道這次謀殺遊戲的一切細節，還有，這個叫瑪琳．塔克的女孩怎麼會參與其中。」

「這容易。」

布魯威小姐言簡意賅地解釋了謀殺遊戲的來龍去脈：這點子當初之所以被提出，是希望它成為園遊會一項別開生面的賣點；後來又提到如何請到名作家奧利薇夫人來設計安排，以及遊戲情節的梗概。

「一開始，」布魯威小姐解釋道，「擔任被害人角色的是亞歷克．萊格先生的太太。」

「亞歷克．萊格的太太？」警官問。

霍斯金警士插嘴解釋。

「她和萊格先生住在勞德家的小屋裡，就是米爾河旁邊那棟粉紅色的小屋。他們搬來才一個月，不過房子的租期是兩三個月。」

「這樣啊。你說一開始是由萊格太太當被害人。為什麼換掉了呢？」

「是這樣的：有一天晚上，萊格太太為大家算命，她算得好極了，所以我們就決定要設個算命攤子來招徠客人，讓萊格太太穿上東方服飾扮成朱莉卡夫人為大家算命，一次二先令六便士。我認為這並不違法，對吧，警官？我的意思是，園遊會上常常這麼做，是吧？」

布蘭德警官微微一笑。

「布魯威小姐，我們一般並不會把算命和摸彩看得太認真，」他說，「不過，偶爾我們也得……呃，殺雞儆猴一番。」

「不過，你們通常還是會通融一下吧？噢，事情就是這樣，萊格太太同意以這種方式幫忙我們，所以就得另外找人來當『屍體』。當時本地一些女童軍在幫我們籌備園遊會，我記得有人提議，找個女童軍來挺合適。」

「是誰提議的呢，布魯威小姐？」
「我真的不知道……我想，好像是馬斯頓議員的夫人吧。不，又好像是沃伯頓上尉……真的，我不敢肯定。不過，總而言之，有人建議過就是了。」
「偏偏選上這女孩而不選別人，有沒有任何理由？」
「沒……沒有吧，我想沒有。她家是這個莊園的佃戶，她母親塔克太太有時也來廚房幫忙。我不知道當時為什麼選上她。大概是最先想起她的名字吧。我們問過她，她好像很願意演這個角色。」
「她真的很願意演這個角色？」
「噢，沒錯，我想她是覺得受寵若驚。她是那種沒大腦的女孩，」布魯威小姐繼續說，「本來是演不了什麼角色的。好在一切都很簡單，而且她覺得能被選上就算與眾不同，因此十分高興。」
「明確說來，她必須做哪些事情呢？」
「她得待在船屋裡，一聽到有人走近門邊，她就得臥倒在地，把繩子繞在脖子上，假裝死去。」
布魯威小姐說話的聲調一派冷靜，完全就事論事。本該裝死的女孩現在真的死了，她似乎對這個事實無動於衷。
「她本來可以參加園遊會的，結果卻這樣消磨一下午，對她來說未免太乏味了吧？」布蘭德警官暗示。

「我想這是有點乏味，」布魯威小姐說，「但一個人總不能什麼都要，對吧？而且瑪琳真的很願意演屍體，這讓她覺得自己很重要。她還有一大疊漫畫之類的東西可以消遣。」

「也有吃的東西嗎？」警官問，「我看見那裡有個托盤，上頭有碟子和玻璃杯。」

「噢，有的。她有一大盤的蛋糕和覆盆子果汁，是我親自送去給她的。」

布蘭德立刻抬起眼來。

「你親自送去給她的？什麼時候？」

「大概下午三、四點左右。」

「確切的時間是幾點？你記得嗎？」

布魯威小姐思索片刻。

「我想想。兒童服裝表演評審完畢，時間有點延誤……因為找不到史達柏夫人，幸好福立亞太太代替了她，算是應付過去……對，一定是了，我差不多可以肯定，大約是在四點過五分的時候，我拿了一些蛋糕和果汁飲料。」

「你是親自送到船屋給她的。你到那裡的時間是幾點？」

「噢，要走到船屋大概要五分鐘……我想，大概是四點一刻吧。」

「四點一刻的時候，瑪琳．塔克還活得好好的？」

「是的，當然，」布魯威小姐說，「而且還急著想知道破案遊戲進展如何了。這我沒辦法告訴她。我一直忙著照應草地上的活動，不過我知道參加這個遊戲的人很多。據我所知，大概有二、三十人，或許還更多。」

「你到達船屋的時候，瑪琳是什麼模樣？」

「我剛告訴過你了。」

「噢，不，我不是指那個。我是說，在你開門的時候，她是不是躺在地上裝死呢？」

「噢，沒有，」布魯威小姐回答，「因為我一到門口就叫喚她的名字，所以是她打開門的，我拿著托盤走進去，將它放在桌上。」

「四點一刻的時候，」布蘭德邊說邊記。「瑪琳．塔克還活著，而且活得好好的。布魯威小姐，我相信你一定能理解，這一點非常重要。你對你說的時間很確定嗎？」

「我不能完全肯定，因為我沒有看錶，不過我在抵達前不久才看過手錶，所以我敢說，這個時間八九不離十。」她突然領悟到警官的意思，接著加上一句：「你的意思是，在那之後不久她就……」

「絕不會在那之後很久，布魯威小姐。」

「噢，老天。」布魯威小姐說。

這一聲叫喊不甚恰當，不過它充分表現出布魯威小姐的難過與關切。

「那麼，布魯威小姐，在你去船屋的路上和返回屋子途中，有沒有在船屋附近遇到或看到任何人？」

布魯威小姐想了想。

「沒有，」她說，「我誰也沒碰到。當然，我是有可能碰到一些人，因為今天下午這個地方對所有的人開放。不過大致來說，大家都留在草坪和旁邊一些雜耍表演的場地上。他們也會到菜園和溫室附近逛逛，不過並沒有如我想像的那樣，穿到樹林裡去。在這種場合，大家特別喜歡黏在一起，你說是不是，警官？」

警官說，或許是吧。

「不過我想，」布魯威小姐說，像是突然憶起什麼。「在福殿附近有人。」

「福殿？」

「是的。那是一座白色小廟，一兩年前才蓋的。如果你要到船屋，它就在小路左側。那裡有人。我猜想，是一對談情說愛的情侶。有人在笑，而另一個人『噓』了一聲。」

「你不知道這對情侶是誰？」

「不知道。從小路上你看不到福殿的正面。它的兩邊和背面都有圍牆。」

警官沉思片刻。他覺得這一對待在福殿的情侶——不管他們是誰——似乎都不重要，不過最好弄清楚他們是誰，因為他們可能看到什麼人到船屋去，或者從那個方向過來。

「這麼說，小路上再也沒有別人了？一個都沒有？」他追問下去。

「當然，我明白你這麼問的用意何在，」布魯威小姐回答，「不過我只能向你保證，我什麼人也沒碰到。話說回來，你知道，我也未必非碰到什麼人不可。我的意思是，如果小路上有人，可是不願意讓我看到，那是再簡單不過了；這人只要閃進杜鵑花叢後面就行了。小路兩邊都是灌木叢和杜鵑花。要是有什麼不相干的人在那裡聽到有人從小路走過來，轉眼間就能溜得不見人影。」

警官換了個話題。

「關於這女孩，你個人對她可有任何了解，得以提供我們幫助？」

「我對她真的一無所知，」布魯威小姐說，「我相信在這次活動之前，我甚至沒和她說過話。我知道她是附近眾多女孩中的一個……我依稀記得她的臉，如此而已。」

「這麼說，你對她一無所知，一點對我們有所幫助的了解也沒有？」

「我想不透有人竟然會想殺害她，」布魯威小姐說，「事實上，我覺得發生這種事簡直匪夷所思……如果你明白我的意思。我唯一想到的可能是：有人心理變態，因為受到她裝扮成被謀殺者一事所誘發，於是讓她成了真正的被害人。但即使是這樣，聽起來也夠牽強附會的，愚蠢極了。」

布蘭德嘆了口氣。

「噢，好吧，」他說，「我想，現在我最好見見那位母親。」

塔克太太是個瘦削的女人，臉龐尖細，鼻子也尖，粗硬的亞麻色頭髮。她的眼睛都哭紅了，不過現在顯然已控制住自己，可以回答警官的問題。

「萬萬想不到會發生這樣的事，」她說，「你在報紙上會看到這種事，可是它竟然落到我們家瑪琳頭上……」

「對此我感到非常、非常遺憾，」布蘭德警官柔聲說道，「我想請你盡力回想一下，告訴我，是否有人出於任何原因想要傷害你的女兒？」

「我也一直在想，」塔克太太猛地抽了一下鼻子，口裡說道，「想了又想，可是一點頭緒也摸不著。瑪琳在學校裡和老師常有口角，也不時和這個或那個男生女生吵上幾句，但都不是什麼大不了的事。沒有人對她有什麼真正的惡感，也沒有人會想對她下毒手。」

「她從來沒跟你說過她有什麼仇人嗎？」

「她常說些傻話，瑪琳就是這樣，但沒說過這種話。她滿口談的盡是化妝、髮型，要在臉上和身上下什麼工夫之類的。你知道女孩子家就是這樣。她年紀太小，哪能搽口紅和那些亂七八糟的玩意兒？她爸爸說過她，我也說過。但她一有錢就作怪，自己去買香水和口紅，東藏西藏的。」

布蘭德點點頭。這番話對他毫無幫助。一個傻頭傻腦的青春期少女，滿腦子的電影明星和浪漫幻想。這樣的瑪琳多得是。

「我還不知道她爸會怎麼說呢，」塔克太太說，「他現在隨時會到。他本來是來娛樂的，他可是球打椰子的好手。」

她突然情緒崩潰，啜泣起來。

「要是你問我，」她說，「這一定是招待所那些下流的外國佬幹的。你永遠也看不透這幫外國佬。他們多半說話輕聲細語，而有些人穿的襯衫，你簡直沒法相信。襯衫上盡是穿著比基尼——他們就是這麼稱呼它——的女孩子。這些人到處曬太陽，連襯衣也不穿，這是會惹禍的。我就是這麼說！」

塔克太太在霍斯金警士的伴護下，一路哭著走出房間。布蘭德心想，本地人似乎有一種順水推舟、或許已根深柢固的成見：將每一齣悲劇都推到不知名的外國人頭上。

08

「嘴巴很厲害，那個女人，」霍斯金回來後說道，「不是嘮叨丈夫，就是欺負她的老父親。我想，她一定對那女孩說過幾次難聽的話，現在她後悔莫及了。這倒不是說女孩子會在乎她們媽媽說了什麼。那就像鴨背上的水滴，一抖就全落了。」

布蘭德警官打斷霍斯金不著邊際的議論，要他去請奧利薇夫人過來。

警官第一眼看到奧利薇太太時，心中微微一驚。他一點也沒想到她會是這樣一個體態臃腫、披紫戴紅、情緒如此失控的人。

「我好難過，」奧利薇夫人邊說邊往他面前的那張椅子裡一坐，活像一塊紫紅色的牛奶凍。「好難過。」她加重語氣添了一句。

警官不置可否地應了幾聲，奧利薇夫人卻急急往下說：「因為，你知道這個謀殺案是我安排的，是我下的手！」

布蘭德警官一驚，但他隨即想到，奧利薇夫人是在為這樁命案自責。

「我無法想像，我怎麼會鬼使神差想到要讓一個原子科學家的南斯拉夫籍前妻當被害人。」奧利薇夫人說。她發狂似的用手指猛扯她那精心梳製的髮型，那模樣明顯帶有幾分醉意。「我真是個大白癡。其實我大可把那個面善心惡的園丁安排成被害人，這樣我就不會那麼在意，因為再怎麼說，男人大都能照料自己。即使他們不會照料自己，但因為他們照理說應該會照料自己，所以我就不會像現在這樣耿耿於懷。男人如果被害，沒有人會在乎……我的意思是，除了他們的太太、情人和小孩之外，對別人來說都無所謂。」

此時此刻，警官對奧利薇夫人油然生出一種大不敬的猜疑，而朝他飄來那白蘭地酒的淡香，更加深了他的疑慮。那是適才兩人回到宅內之際，赫丘勒．白羅堅持要他的好友當作壓驚特效藥喝下去的。

「我沒有發瘋，也沒有喝醉。」奧利薇夫人說。她憑直覺就能看透他的心思。「就算那個以為我是酒鬼、還說人人都說我喝酒像灌白開水的男人在場，我也敢這麼說。你大概和那人的想法一樣。」

「什麼男人？」警官問，他的思緒很快從那位天外飛來的園丁，轉到這個身分不明的男人身上。

「就是滿臉雀斑、帶約克郡口音的那個，」奧利薇夫人說，「不過，一如我所說，我沒喝醉，也沒發瘋。我只是很難過，難過得要命。」她又以強調的語氣說了一遍。

「夫人，我相信這一定讓你非常痛苦。」警官說。

「糟糕的是，」奧利薇夫人說，「她本來就想當個色情狂的刀下魂，而現在，她的夢想竟然實現了，成為真實……我該用現在式還是過去式呢？」

「其實這當中並沒有色情狂的問題。」警官說。

「沒有嗎？」奧利薇夫人說，「噢，那我得感謝上帝。不過，唉，我也不知道。搞不好她還巴不得那樣呢。可是，警官，如果凶手不是色情狂，會有什麼人想殺害她呢？」

「我還希望，」警官說，「你能幫我解開這個疑問呢。」

他想，毫無疑問，奧利薇夫人的問題一針見血；會有什麼人要殺害瑪琳．塔克呢？

「我幫不了你，」奧利薇夫人說，「我想不出有什麼人可能下此毒手。當然，我起碼可以想像……我什麼都能想像！這就是我的問題。我現在就能想像，此時此刻就可以。我甚至能把想像說得頭頭是道，可是當然，其中沒有半點真實。我的意思是，她可能是被某個專門謀殺女孩子的人殺害的，不過這個答案過於簡單，而且，再怎麼樣，說園遊會裡正好就有個少女殺手，也未免太巧合了。更何況，他怎麼會知道瑪琳人在船屋裡？要不然，就是她知道某個人的緋聞祕密，或是她看到某人在夜深人靜時掩埋一具屍體，或是她認出某個人隱藏的身分，也或許她知道戰爭期間一個寶藏的祕密，要不然就是汽艇上的那個人把某人扔進河裡，而她從船屋的窗口看到了……她甚至有可能握有以密碼寫成的重要情報，而她自己並不知道。」

「請別再說了。」警官揚起一隻手。他感到頭暈。

奧利薇夫人順從地住了嘴。她顯然還可以順著這條脈絡繼續說上好一陣子，雖然警官覺得她似乎已將各種可能性都設想到了，包括現實的和超現實的。從她丟在他眼前的一大堆材料中，他抓出一個。

「夫人，你剛說『汽艇上那個人』是什麼意思？你是想像有個人在開汽艇嗎？」

「有人告訴過我，他會搭汽艇來，」奧利薇夫人說，「我不記得是誰說的。我指的是我們進早餐時談到的那個人。」她補充道。

「請說下去。」警官的聲音現在帶著懇求。

偵探小說家是什麼模樣，他過去從無概念，只知道奧利薇夫人寫過四十幾本書。而此時此刻，他覺得她沒寫出一百四十本書反倒令他吃驚。

他急忙道出他的疑問：「進早餐時搭乘汽艇來的那個人到底是怎麼回事？」

「他不是在進早餐時搭汽艇來，」奧利薇夫人說，「是一艘遊艇。不過我不是那個意思。是一封信。」

「呃，到底是什麼？」布蘭德問，「是一艘遊艇，還是一封信？」

「是一封信，」奧利薇夫人說，「寄給史達柏夫人的。是她一位乘坐遊艇的表哥寫來的，她顯得很害怕。」

「害怕？怕什麼？」

「我想是怕他，」奧利薇夫人說，「誰都看得出來，她很怕他，不希望他來。我想，這就是她現在躲起來的原因。」

「躲起來？」警官問。

「嗯，每個人都在找她，」奧利薇夫人說，「可是遍尋不著。我想她躲起來是因為怕他，不想和他見面。」

「這人是誰？」警官問。

「你最好問問白羅先生，」奧利薇夫人說，「因為他和他交談過，而我沒有。他的名字叫艾斯班……不對，不是這個名字，那是我遊戲裡的名字。德蘇沙，他的名字是歐帝安‧德蘇沙。」

然而，另一個名字引起了警官的注意。

「你剛才說的是誰？」他問，「白羅先生？」

「是的，赫丘勒‧白羅。就是他和我一起發現屍體的。」

「赫丘勒‧白羅……我想想。會是同一個人嗎？他是不是比利時人，矮個頭，留著一大撇八字鬍？」

「好大一撇八字鬍，」奧利薇夫人附和道，「沒錯。你認識他嗎？」

「我已經好多年沒見到他了。當年我還是個年輕的警佐。」

「你是在偵辦某件命案時碰到他嗎？」

「沒錯，確實是。他在這裡做什麼？」

「他來這裡頒獎。」奧利薇夫人說。

她在回答之前曾有瞬間的猶豫，但警官並未察覺。

「你發現屍體的時候，他和你在一起，」布蘭德說，「嗯，我想和他談談。」

「要不要我去請他過來？」奧利薇夫人滿懷希望地收攏了紅色的裙襬。

「夫人，你還有什麼要補充的嗎？難道再也沒有更有用的資料了嗎？」

「我想沒有了，」奧利薇夫人說，「我什麼都不知道。就像我說的，我只能想像各種理由……」

警官打斷了她，他不想再聽奧利薇夫人那些天馬行空的答案，它們太令人摸不著頭腦。

「夫人，非常感謝你，」他輕快地說，「如果你能去請白羅先生來這裡跟我談談，我會不勝感激。」

奧利薇夫人離開了房間。霍斯金警士帶著興味問了一句：「長官，這位赫丘勒・白羅先生是什麼人？」

「也許你會把他看成是個十分滑稽的人物，」布蘭德警官說，「活像人家在戲裡插科打諢時所形容的法國人。不過，其實他是比利時人。儘管他的外表令人發噱，腦子可是靈光得很。現在他一定年事已高了。」

「這位德蘇沙怎麼辦？」警士問，「你認為這其中有什麼牽連嗎，長官？」

布蘭德警官沒有聽到這個問題。他突然想到一件事，儘管這件事已經有人數度告訴他，可是他到現在才開始重視它。

首先是喬治爵士帶著焦急而慌張的語氣對他說：「我不知道我太太在哪裡。她好像完全消失了蹤影。」接著是布魯威小姐輕蔑說道：「沒人知道史達柏夫人的去向。她一定是對園遊會感到厭煩。」而現在，奧利薇夫人又推斷史達柏夫人躲起來了。

「呃？你說什麼？」他心不在焉地問。

霍斯金清清嗓子。

「我是問，長官，你是不是覺得這個德蘇沙——不管他是什麼人——和這件事有什麼關聯？」

霍斯金顯然十分高興，因為這起案子明確牽涉到某個外國人，而非泛泛一堆外國人。然而布蘭德警官的思緒卻在另一條軌道上奔馳。

「我要找史達柏夫人，」他說得簡單明瞭。「把她給我找來。如果她不在附近，就到別處去找。」

霍斯金露出不解的神情，不過還是敬謹聽命，走出房間。他在門口停住腳步往後退了幾步，好讓赫丘勒．白羅進入。將門帶上之前，他還帶著很有興趣的眼神回頭望了望。

「我想，」布蘭德一面站起身，一面伸手說道，「你一定不記得我了吧，白羅先生。」

「我記得，」白羅說，「你是……讓我想一想，一下子就好。你是那個年輕的警佐……

沒錯，布蘭德警佐，我們十四年前，不，十五年前見過面。」
「完全正確。真是好記性！」
「哪裡的話。既然你能記得我，為什麼我就不記得你呢？」
布蘭德心想，要忘記赫丘勒．白羅可不是那麼容易。這並不完全出自對白羅的恭維。
「原來你也在這裡，白羅先生，」他說，「又在幫忙破解謀殺命案。」
「你說對了，」白羅說，「我是奉人之召到這裡幫忙的。」
「奉人之召來幫忙？」布蘭德現出迷惑的神色。
白羅立刻說道：「我的意思是，我是被請到這裡來為這個破案遊戲頒獎的。」
「奧利薇夫人也是這麼告訴我。」
「她沒告訴你其他的事嗎？」
白羅說這句話顯然非常大意。他急於想知道，奧利薇夫人是否已經向警官暗示過她硬要白羅到德文郡來的真正動機。
「沒告訴我其他的事嗎？她告訴我一大堆，嘴巴沒停過。那女孩被殺害的每一種可能或不可能的動機都談到了。我被她弄得頭昏腦脹。老天！她可真會想像！」
「我的朋友，她就是靠想像力賺錢吃飯的。」白羅的語氣帶點挖苦。
「她提到一個叫德蘇沙的人……這也是她想像出來的嗎？」
「不，這倒是明明白白的事實。」

「還有吃早餐時的一封信、一艘遊艇、坐著汽艇沿河而上之類的。沒頭沒尾，我真是摸不著頭腦。」

白羅於是開始解釋。他將早餐桌上的情景、那封信以及史達柏夫人的頭痛敘述了一遍。

「奧利薇夫人說，史達柏夫人很害怕。你也認為她害怕嗎？」

「這是她給我的印象。」

「怕她表哥嗎？為什麼？」

白羅聳聳肩。

「我不知道。她只告訴我他很壞，是個壞人。你知道，她頭腦簡單，有點低能。」

「沒錯，這一點似乎大家都知道。她沒有說她為什麼害怕德蘇沙嗎？」

「沒有。」

「可是，你認為她是真的害怕？」

「如果她不是真怕，那麼她就是個非常出色的演員。」白羅語帶尖刻。

「對於這起案件，我開始有一些稀奇古怪的念頭。」布蘭德說。他站起身，不斷地來回踱步。「我相信，這都是那個該罵的女人的錯。」

「你是說奧利薇夫人？」

「沒錯。她在我腦海裡灌進好多荒謬劇般的想法。」

「而你認為這些想法有可能是真的？」

「當然不完全是真的，不過，有一兩個想法並非完全不著邊際。這完全要看……」

他戛然收住話頭。霍斯金警士將門打開，再度走進房間。

「長官，好像到處都找不到夫人，」他說，「附近完全沒有她的蹤影。」

「這個我知道，」布蘭德說，狀甚氣惱。「我就是要你找到她。」

「報告長官，法雷爾警佐和羅理莫警士正在莊園裡四處尋找。」霍斯金說。「她不在宅子裡。」他又補了一句。

「問問在大門口收票的人，看她是不是出門去了。不管是步行還是乘車，都要問清楚。」

「是，長官。」

霍斯金再度離開。

「還要查明大家最後一次見到她是什麼時候、在什麼地方見到的！」布蘭德在他身後大喊。

「原來你的心思是順著這條理路走。」白羅說。

「還沒走出任何名堂呢，」布蘭德說，「不過我剛察覺到一個事實：理應在家的夫人卻不在家！我想知道為什麼。告訴我，你對那個名叫德蘇沙的人還知道些什麼。」

白羅將自己和那個順著碼頭小徑走過來的年輕人碰面的情景敘述了一遍。

「他可能還在園遊會上，」他說，「要不要我去告訴喬治爵士，說你想見見他？」

「目前還不要，」布蘭德說，「我想多知道一些情況再說。你最後一次見到史達柏夫人是什麼時候？」

白羅開始回想。他發現自己很難記得清楚。他想起自己隱隱約約瞥見她那頎長而鮮紅的身影，頭上戴著一頂壓低的黑色大寬帽，在草坪上走來走去、和客人談話、四處飛舞，時不時還聽到她那在亂烘烘的噪音中顯得十分突出的奇異笑聲。

「我想，」他的口氣很不確定。「一定是在四點之前不久。」

「她當時人在哪裡？有誰和她在一起？」

「她在宅子附近一大群人當中。」

「德蘇沙到的時候，她也在嗎？」

「我記不得了。我想她不在，至少我沒看到她。喬治爵士告訴德蘇沙，說他太太就在附近。原本說好她要去當兒童服裝表演的評審，結果她沒去，我記得他好像很吃驚。」

「德蘇沙是什麼時候到的？」

「我想，一定是四點半左右。我當時沒看手錶，所以無法告訴你準確的時間。」

「而史達柏夫人在他到達以前就失蹤了？」

「她跑掉或許就是為了避免和他見面。」警官提出意見。

「似乎是如此。」

「或許。」白羅同意。

「這麼說她不可能走遠，」布蘭德說，「照理說，我們輕易就可以找到她，等我們找到……」他停住沒說下去。

「如果找不到呢？」白羅以一種奇怪的語調問。

「怎麼可能？」警官厲聲說道，「你為什麼這麼問？你認為她出了什麼事嗎？」

白羅聳聳肩。

「這真是個大哉問。誰也不知道怎麼回事，只知道她……消失了！」

「白羅先生，你有話就快說吧，聽你的口氣，好像她凶多吉少似的。」

「或許事情真是凶多吉少。」

「我們現在調查的是瑪琳．塔克的謀殺案。」警官嚴肅地說。

「這當然不用說。既然如此，你為什麼會對德蘇沙感興趣呢？難道你認為是他殺了瑪琳．塔克？」

「都是那個女人！」

布蘭德警官的回答風馬牛不相及。

白羅微微一笑。

「你是指奧利薇夫人？」

「是的。你知道，白羅先生，瑪琳．塔克的謀殺案沒有道理，一點道理也沒有。一個毫無特色、傻頭傻腦的孩子被勒死了，可是我們連一絲可疑的動機也找不到。」

「而奧利薇夫人為你提供了一個動機？」

「提供了至少一打動機！譬如，瑪琳可能知道某人的緋聞祕密；或者瑪琳親眼目睹了某人被害的經過、知道一處埋藏著寶物的地方，要不然就是她從船屋窗口看到了乘汽艇順河而來的德蘇沙犯下某些罪行。」

「啊，那麼，這些推論中，哪一個最合你的意呢，親愛的警官？」

「我不知道。可是我不由自主就會想到這些推測。白羅先生，請你仔細回想一下。從今天早上史達柏夫人和你談話的印象來看，你認為她之所以怕她表哥到來，是因為他知道一些她不願意讓她丈夫聽到的事呢，還是純粹出於她個人對那男人的恐懼？」

白羅回答得毫不猶豫。

「依我看，她是純粹出於對那男人的恐懼。」

「嗯，」布蘭德警官說，「好吧，如果那年輕人還在這裡，我最好和他談談。」

09

儘管布蘭德警官不似霍斯金警士那般對外國人懷有根深柢固的偏見，可是他一見到歐帝安·德蘇沙就不喜歡。這人光鮮體面的翩翩風度、無懈可擊的衣著、油光頭髮的撲鼻香氣，在在令布蘭德感到心煩。

德蘇沙卻一派自信，從容自在。在他那彬彬有禮的外表下，顯露出一種孤芳自賞、玩世不恭的意味。

「我必須承認，」他說，「人生充滿了意外。我出海度假，駕著遊艇來到此地，我讚嘆這裡的美景如畫，急欲和我多年不見的表妹共度一個下午……結果呢？我先是被一場狂歡會吞沒，椰子球咻咻飛過我頭頂，緊接著樂極生悲，我又被捲進一樁謀殺案。」

他點上一根菸，深吸一口，繼續說道：「這倒不是說這樁命案和我有任何關聯。你為什麼要找我談話，我確實感到十分不解。」

「德蘇沙先生，你以陌生人的身分來到此地……」

德蘇沙沒讓他說完。

「陌生人就一定有嫌疑，你是這個意思嗎？」

「不，不，我完全沒有這個意思，德蘇沙先生。不是的，你沒弄明白我的意思。據我所知，你的遊艇停泊在赫茅斯？」

「是的，沒錯。」

「而你是今天下午乘坐自動快艇沿河來到這裡的？」

「你又說對了。」

「在你沿河而上的時候，你是否注意到右方有個突出於水面的茅草頂船屋？它下頭還有一個泊船的小碼頭。」

德蘇沙漂亮、黝黑的頭顱向後一仰，皺著眉頭思索起來。

「讓我想想……那裡有條小溪，還有一棟灰色鋪瓦的小屋。」

「還要更往上，德蘇沙先生，它隱藏在樹叢當中。」

「啊，沒錯，我想起來了。那地方真是風景如畫。我不知道它就是這個莊園的船屋。早知道我就在那裡泊船登岸了。我在問路的時候，有人要我直接開到渡口的碼頭登岸。」

「確實。所以，你是在那裡登岸的？」

「我就是在那裡登岸的。」

「你不是在船屋或那附近上岸的？」

德蘇沙搖搖頭。

「你經過船屋的時候，可曾看到任何人？」

「看到任何人？沒有。我應該看見什麼人嗎？」

「只是問問罷了。德蘇沙先生，你知道，那位被殺的女孩今天下午就在那個船屋裡。她就是在那裡遭到殺害的，而且被害的時間和你經過的時間相隔不久。」

德蘇沙再度挑起眉毛。

「你認為我可能是這樁謀殺案的目擊者？」

「謀殺發生在船屋內，不過，你可能看過這女孩……她可能會在窗口向外張望，或是走到平台外面來。如果你看見了她，那等於是幫我們縮短了她死亡時間的範圍。如果她在你經過的時候還活著……」

「啊，原來如此。是，我懂了。可是，為什麼偏偏來問我呢？河面上有不少來往赫茅斯的船，好多的旅遊汽船來來去去。為什麼不去問他們？」

「我們會去問的，」警官說。「別擔心，我們會去問的。那麼，我不妨這麼說，你並沒有看到船屋有任何異狀，對吧？」

「絲毫沒有。也沒有任何跡象顯示那裡有人。當然，我並沒有特別注意那船屋，離它也不是很近。即使一如你的推想，有人從窗口向外張望，我也看不見。」他禮貌地加了一句：

「很抱歉，幫不上你的忙。」

「噢，好吧，」警官以友善的口氣說道，「我們不能抱持太大的期望。德蘇沙先生，還有幾件事我想了解一下。」

「請說。」

「你這次駕遊艇出航，是獨自一人呢，還是有朋友同行？」

「一開始有朋友和我同行，但是這三天我是一個人……當然，我船上還有水手。」

「你的遊艇叫什麼名字，德蘇沙先生？」

「『希望號』。」

「據我所知，史達柏夫人是你的表妹？」

德蘇沙聳聳肩膀。

「是個遠房表妹，不是近親。你知道，在我們家鄉的島嶼上，親族通婚很普遍，彼此之間都是表親。海蒂是我第二代或第三代的表親。我上回見到她的時候，她還是個小女孩，大概才十四、五歲。」

「所以，你希望今天的突然到訪會讓她驚喜一番，是不是？」

「這談不上是突然到訪，警官，我寫過信給她。」

「我知道她今天早上收到你一封信，不過，當她得知你人已經在英國的時候，著實吃了一驚。」

「噢，警官先生，你弄錯了。我寫信給我表妹……我想想，已經是三個星期前的事了。我是要來英國之前從法國寫信給她的。」

警官十分驚訝。

「你從法國寫信給她，告訴她你打算來看她？」

「是的。我告訴她，我打算乘遊艇到這裡來，大概在今天前後會到達托基或赫茅斯，還說我到達之後，再通知她確切的時間。」

布蘭德警官緊盯著他。這番話和他所知史達柏夫人是於今日早餐時接到歐帝安．德蘇沙這封來信的訊息大相逕庭。不只一個目擊者證實，史達柏夫人接信後顯露出緊張、煩惱和吃驚的情緒。德蘇沙以冷靜的眼神回視他，接著微微一笑，輕輕撣掉膝頭上的一絲灰塵。

「史達柏夫人回了你第一封信嗎？」警官問。

德蘇沙猶豫片刻，這才回答道：「很難記起來了……不，我想她沒有回信。不過，她也沒有必要回信。我四處旅行，沒有固定的地址，更何況，我認為我這個海蒂表妹不大擅長寫信。」他又加上幾句：「你知道，儘管我聽說她已經長得亭亭玉立，但她並不是非常聰明。」

「你還沒見到她？」布蘭德丟出他的疑問。

德蘇沙會心地露齒而笑。

「她好像莫名其妙地失蹤了，」他說，「可見，這種活動讓她心煩。」

布蘭德警官字斟句酌地說：「德蘇沙先生，你認為你的表妹可能出於什麼樣的原因想要避開你呢？」

「海蒂想避開我？說真的，我想不出為什麼。她有什麼理由要避開我呢？」

「這正是我想問你的問題，德蘇沙先生。」

「你認為海蒂在園遊會中缺席是為了避開我？多麼荒謬的念頭。」

「據你所知，她為何會——我們不妨這麼說——怕你？」

「怕我？」德蘇沙的聲音透著懷疑，也帶著好笑。「請容我這麼說，警官先生，這個想法太匪夷所思了！」

「你和她的關係一向很融洽？」

「我已經告訴過你，我和她沒什麼關係。從她十四歲以後，我就沒再見過她。」

「可是你來到英國後，還是想要來找她？」

「噢，這個啊！我在貴國社交報刊上看過一則她的報導，其中提到她的娘家姓氏，還提到她嫁給了這位有錢的英國人。我就想，我一定得去看看小海蒂如今變成什麼模樣，看看她的腦袋是不是還跟從前一樣！」他又聳聳肩。「這不過是表兄妹之間的禮貌，一種極其無害的好奇心，如此而已。」

警官再次緊盯著德蘇沙。他不知道，在這張嘲弄又圓滑的外表後面，隱藏著何種念頭，他隨即採取一種更親暱的態度說道：「不知道你能不能多談談你表妹。她的性格、她對事物的反應等等？」

德蘇沙露出驚異的表情，但還是彬彬有禮。

「真是的，這和那個在船屋裡被殺害的女孩有關係嗎？據我了解，那才是你要辦的正事吧？」

「這其中或許有關聯。」布蘭德說。

德蘇沙默默打量他片刻，接著微微聳肩，口中說道：「我和表妹根本就不熟。她是我們那個大家庭的成員，我並沒有特別注意她。不過，為了回答你的問題，我可以對你說，儘管她智力有缺陷，但就我所知，她絕對沒有殺人的傾向。」

「德蘇沙先生，我真的沒有這個意思！」

「沒有嗎？我很懷疑。我看不出你有何理由要問這個問題。不會的，除非海蒂心性大變，否則她不會殺人！」他站起身。「我想，你不會再想問我什麼問題了吧，警官先生。但願你成功偵破命案。」

「我希望，德蘇沙先生，你不會在這一兩天內離開赫茅斯吧？」

「你說得非常客氣，警官先生。這是命令嗎？」

「只是個請求，德蘇沙先生。」

「謝謝。我打算在赫茅斯住上兩天。喬治爵士好心邀我到這裡來住，不過我情願留在希望號上。如果你還要找我問話，可以在那裡找到我。」

他彬彬有禮地鞠了個躬。

霍斯金警士為他開了門，他走了出去。

「善於應對的傢伙。」警官喃喃自語道。

「嗯。」霍斯金警士完全贊同。

「若說她要殺人，」警官繼續自言自語，「她為什麼要殺害一個平凡的女孩子呢？一點道理也沒有。」

「你永遠摸不透那些傻子。」霍斯金說。

「真正的問題是，她到底傻到什麼程度？」

霍斯金自作聰明地搖搖腦袋。

「我想，她的智商一定很低。」他說。

警官用惱怒的眼神看著他。

「別像鸚鵡一樣，老愛賣弄新名詞。我才不管她智商高還是低，我關心的是，她是不是那種會把繩子繞在一個女孩頸上勒死她的女人，而且動機到底是出於好玩、有欲望，還是覺得非殺人不可？總而言之，這女人到底哪裡去了？去看看法蘭克有沒有什麼進展。」

霍斯金聽命離去，沒多久就和科特雷警佐一同回到房間。

科特雷是個活潑的年輕人，凡事都有一大堆意見，老是惹上司生氣。和法蘭克．科特雷自以為聰明的萬事通態度比起來，布蘭德寧可要霍斯金這種鄉下人的腦筋。

「我們還在莊園裡四處搜尋，長官，」科特雷說，「史達柏夫人沒有走出大鐵門，這點我們相當肯定。在那裡賣票收錢的是個園丁，他發誓她沒有離開大門。」
「我想，除了大鐵門之外，應該還有其他的路可以走出去吧？」
「噢，有的，長官。有一條小路通到渡口，可是那裡有個老頭，叫作默德爾，他也非常肯定，她沒有從那條小路出去。他大概有一百歲了，不過我認為他的話可信。那個外國人如何乘汽艇過來，又如何問他到納塞莊園的路，他交代得清清楚楚。那老頭跟他說，他得順著大路走到大鐵門，買票進去。但他又說，那位先生好像完全不知道園遊會的事，還說他是這家人的親戚。所以那老頭就把他帶到從渡口穿越樹林的那條小路。默德爾好像整個下午都在碼頭附近閒晃，所以要是史達柏夫人從那條路過來，他一定會看到她。再上頭還有一道鐵門，那裡有一條路可以穿越田野到胡丹園去，可是那道門已經用鐵絲網封住，因為之前總有人未經許可闖進來。所以，她也沒有從那裡走過。看來她一定還在莊園裡，對吧？」
「大概吧，」警官說，「但如果她從籬笆下頭鑽出去，穿過田野跑掉，誰也擋不了她，是不是？據我所知，喬治爵士現在還常因為招待所的遊客擅自闖進來而大發牢騷。我想，如果你可以從這條路闖進來，當然也可以從這條路走出去。」
「噢，沒錯，長官，這毫無疑問。不過，長官，我和她的女傭談過，她穿的是……」科特雷看看自己手上的一張紙說道，「仙客來顏色的喬其皺紗衣服（管它是什麼玩意兒），戴著一頂黑色大寬帽，腳上一雙四吋法國高跟鞋。你不會穿戴這些東西在田野間亂跑的。」
「她沒有換衣服嗎？」

「沒有。這我也問過那女傭了，什麼東西都沒丟，一點也沒有。她沒有帶走手提箱什麼的，連鞋都沒換。每一雙鞋都在，全都清點過。」

布蘭德警官蹙起眉頭，腦海裡浮現出種種不祥的揣測。他下了一道簡單明瞭的命令：「找那個女祕書來——她叫布魯絲吧？管她叫什麼名字，要她再來一趟。」

§

布魯威小姐走了進來。她看起來毛躁不安，似乎不像平時那樣冷靜，還有點上氣不接下氣。

「什麼事，警官先生？」她說，「你找我？如果不是很緊急，我得去陪喬治爵士，他現在好激動……」

「他為什麼激動？」

「他才剛醒悟到，史達柏夫人……呃，真的失蹤了。我跟他說，她可能只是去樹林裡散步或什麼的，但他硬是覺得她遭到了不測。真可笑。」

「或許沒那麼可笑，布魯威小姐。再怎麼說，今天下午這裡已經出了一樁命案。」

「你該不會以為史達柏夫人她……這太荒謬了！史達柏夫人可以照料自己。」

「她可以嗎？」

「當然可以！她已經成年了，不是嗎？」

「可是每個人都說她毫無獨立的能力。」

「胡說八道，」布魯威小姐說，「如果史達柏夫人不想做什麼事，她就裝出一副無助的小可憐模樣，那是她的拿手本事。我敢說她丈夫很吃她這一套，可是她瞞不過我！」

「布魯威小姐，你是不是很不喜歡她？」布蘭德的口氣聽得出幾分好奇。

布魯威小姐緊抿著雙唇。

「我喜歡她還是討厭她並不重要。」她說。

門猛然打開，喬治爵士走進來。

「聽好，」他的語氣粗暴。「你們得想點辦法。海蒂人在哪裡？你們非找到海蒂不可。我不知道這地方到底中了什麼魔。這個該死的園遊會！一個可惡的殺人狂花了二．五英鎊混進來，整個下午就和其他人一樣在這裡亂晃，然後藉機殺人。我看事情就是這樣。」

「我們不必把事情看得如此嚴重，喬治爵士。」

「像你這樣光會坐在桌子後頭寫東寫西的傢伙，說的倒是輕鬆容易。我要我的太太！」

「我正在派人搜查莊園，爵士。」

「為什麼沒人來告訴我她失蹤了呢？她好像已經失蹤好幾個鐘頭了。發現她沒有去兒童服裝比賽當評審時，我就覺得奇怪，可是沒人告訴我她是真的不見了。」

「那時候誰也不知道。」警官說。

「是嗎？有人應該知道，有人應該注意到。」

他轉向布魯威小姐。

「你就應該知道，阿曼達，事情都是你在管。」

「我怎麼可能無所不在呢？」布魯威小姐說，聲音聽來簡直就快要落淚。「我有那麼多事情要管。要是史達柏夫人存心要跑掉……」

「跑掉？她為什麼要跑掉？她沒有理由要跑掉，除非她不想見那個達戈人[11]。」

布蘭德趕緊把握時機。

「有件事我想請問一下，」他說，「大約三個星期前，你太太有沒有接到德蘇沙先生的一封信，告訴她他要到英國來？」

喬治爵士露出驚訝的表情。

「沒有，她當然沒接到過。」

「你確定嗎？」

「噢，非常確定，要不然海蒂一定會告訴我。你知道，今天早上她接到他的來信時，真是吃驚又煩惱。這封信或多或少讓她嚇到了。她頭痛得厲害，幾乎整個上午都躺在床上。」

11　達戈人（dago），這是對膚色略黑的義大利人、西班牙人或葡萄牙人等的蔑稱。

「她私下跟你談過她表哥要來的事嗎？她為什麼那麼怕見到他？」

喬治爵士顯得十分為難。

「要是我知道就好了，」他說，「她只是不停地說他很邪惡、很邪惡。」

「邪惡？怎麼個邪惡法？」

「她說得很含糊，像個孩子般不斷說他是邪惡的人。她說他很壞，不希望他來這裡，她說他幹過壞事。」

「幹過壞事？什麼時候？」

「噢，很久以前了。依我推想，這個歐帝安．德蘇沙是家族的害群之馬，在她的童年時代，海蒂零星聽過他一些事情，可是對他又所知不深，所以對他就懷有一份懼怕。我個人認為，這只是一種孩童時代留下來的情緒。有時候，我太太是很孩子氣的。她愛憎相當分明，可是又往往說不出個所以然來。」

「你確定她沒有特別說過什麼嗎，喬治爵士？」

喬治爵士顯得很不安。

「我不願意你被……呃，她說過的話所影響。」

「這麼說，她確實說了什麼囉？」

「好吧，我就跟你說了吧。她說，而且說了好幾次：『他會殺人』。」

／10

「他會殺人。」布蘭德警官又複述了一遍。

「我想，你不該對這話過分認真，」喬治爵士說，「她反覆說過好幾次『他會殺人』，卻又無法告訴我他殺過誰、什麼時候或是為什麼。我個人以為，這不過是一種孩子般的古怪記憶。他大概和當地土著有過爭執或是這一類的事情。」

「你說她不能明確告訴你……你的意思是她沒有能力說明，還是根本就不願意說？」

「我不認為……」他的話沒有說完。「我不知道，你把我弄糊塗了。我說過，我根本沒把這話放在心上。我想她這位表哥可能在她孩童時代戲弄過她……無非是這一類的事情。我很難對你解釋清楚，因為你不了解我太太。我真心愛她，不過她說的話我有一半都是聽過就算了，因為都是些沒頭沒腦的話。不管怎麼說，這位德蘇沙和這一切不可能有任何關聯。你可不要對我說，他是從一艘遊艇登岸後逕自穿過樹林，到船屋把一個可憐的女童軍殺掉！他何必要這麼做？」

「我並沒有說發生了這樣的事，」布蘭德警官說，「不過你必須明白，喬治爵士，就尋找謀害瑪琳·塔克的凶手方面，範圍其實比我們想像的要小得多。」

「範圍小得多！」喬治瞠目結舌。「你們得從整個該死的園遊會裡去找凶手，不是嗎？大概有兩百或三百人吧？任何人都有可能下手。」

「沒錯，當初我也這麼想。可是根據我目前的了解，其實並非如此。船屋的門是用一把耶魯鎖鎖著的。沒有鑰匙誰也不能從外面進去。」

「噢，一共有三把鑰匙。」

「正是。破案遊戲的最後一個線索是一把鑰匙，它依然藏在花園最頂端的紫陽花叢裡。第二把鑰匙在奧利薇夫人手上，她是這個破案遊戲的設計者。那，第三把鑰匙在哪裡，喬治爵士？」

「它應該在你現在坐著的那個書桌抽屜裡。不對，是右邊那個，裡頭有好多財產文件的副本。」

他走過去，在抽屜裡翻找。

「有了。它還在這裡沒錯。」

「所以，」布蘭德警官說，「你該知道這表示什麼。唯一能走進船屋的人，第一，是完成破案過程而找到鑰匙的人，而就我們所知，目前還沒有這樣的人出現。第二，是奧利薇夫人或宅子裡某個向她借去鑰匙的人；第三，是瑪琳自己開門放進去的人。」

「第三點幾乎把所有的人都包括進去了，對吧？」

「如果我對這場謀殺遊戲的內容沒有理解錯，」布蘭德警官說，「事實絕非如此。那女孩一聽到有人走近門邊，她就應當臥倒在地扮演『被害人』的角色，靜待那個已經找到最後一個線索（也就是那把鑰匙）的人去發現她。因此，你應該也推測得到，她會放進船屋的人——如果他們在外面喊她，而她開了門——勢必是安排這次破案遊戲的人。換句話說，就是住在這個莊園裡的人，包括你自己、史達柏夫人、布魯威小姐、奧利薇夫人，可能還有我猜她今天早上已經見過的白羅先生。除此之外，還有誰呢，喬治爵士？」

喬治爵士思索片刻。

「還有萊格夫婦，」他說，「就是亞歷克和莎莉．萊格。從一開始他們就參與了這件事。還有麥克．韋曼，他是個建築師，為了設計網球館而在莊園裡小住。還有沃伯頓和馬斯頓夫婦；噢，當然，還有福立亞太太。」

「就這麼些人嗎？再沒有其他人了？」

「就是這些人了。」

「所以，你看，喬治爵士，這個範圍並不是很廣。」

喬治爵士脹紅了臉。

「我認為這是無稽之談，全是胡扯！難道你是暗示……你到底想說什麼？」

「我只是說，」布蘭德警官說，「很多地方我們還不明瞭。比如說，瑪琳有可能出於某種原因走出船屋，甚至有可能是在別處被勒斃，然後屍體被搬回船屋放在地板上。不過即使如此，凶手依然是對破案遊戲細節瞭若指掌的人。說來說去，我們的結論總是如此。」他又說，口氣略有轉變。「我向你保證，喬治爵士，我們正在竭盡全力尋找史達柏夫人。在此同時，我想和亞歷克．萊格夫婦以及麥克．韋曼談談。」

「阿曼達……」

「我來安排看看，警官，」布魯威小姐說，「我相信萊格太太現在正在帳篷裡替人算命。有很多人在五點以後買半票進場，所有的攤位都忙得很。我可以把萊格先生或韋曼先生找來，看你想先見哪一位。」

「先見哪一位都沒關係。」布蘭德警官說。

布魯威小姐點點頭，走出房間。

喬治爵士跟在她後面，咳聲嘆氣說道：「聽好，阿曼達，你得……」

布蘭德警官感覺到，喬治爵士對這位幹練的布魯威小姐依賴甚深。確實，布蘭德覺得這座莊園的主人在這當頭簡直像個孩子。

趁著等候的空檔，布蘭德警官拿起話筒撥了個電話給赫茅斯警局，和他們就希望號遊艇做了若干安排。

「我想，你一定察覺到，」他向那位對這種事毫無察覺力的霍斯金說，「那令人頭痛的女人最可能藏身在德蘇沙的遊艇，你說是不是？」

「您是怎麼想出來的呢，長官？」

「噢，沒有人看到她從一般的出口離開，而照她那身打扮，她也不可能穿越田野和樹林。不過，如果她和德蘇沙約好在船屋碰面，他以汽艇將她送到遊艇上，自己再回到園遊會來，這倒是有可能。」

「可是他為什麼要這麼做呢，長官？」霍斯金茫然不解。

「我也不知道，」警官說，「他這樣做的可能性微乎其微，不過終究有這個可能。如果她人在希望號上，我就得盯著她，不能讓她偷偷溜走。」

「可是，她是這麼不願和他見面……」霍斯金不知不覺露出鄉音。

「我們只知道她『說過』她不願見他。女人，」警官以說教的口氣說道，「總是滿口謊言。別忘記這句話，霍斯金。」

「嘿。」霍斯金警士感激地說。

§

門打開，一個神情茫然的年輕人走進來，為兩人的對話畫下休止符。

那年輕人穿著一套剪裁得體的灰色法蘭絨西裝，但襯衫領口皺巴巴的，領帶也歪戴著，頭髮桀驁不馴地七橫八豎。

「是亞歷克．萊格先生嗎？」警官抬眼問道。

「不是，」年輕人說，「我是麥克．韋曼。聽說你在找我。」

「沒錯，韋曼先生，」布蘭德警官說，「請坐下好嗎？」

他指指書桌對面的椅子。

「我不喜歡坐，」麥克．韋曼說，「我喜歡走來走去。你們這些警察到這裡來做什麼？出了什麼事嗎？」

布蘭德警官訝異地望著他。

「喬治爵士沒有告知你嗎，韋曼先生？」他問。

「套句你的形容詞，沒有人『告知』我任何事。我又不是老黏在喬治爵士身邊。出了什麼事？」

「據我所知，你目前住在這裡？」

「我當然住在這裡。這有什麼關係嗎？」

「我只是以為所有住在莊園裡的人，現在都應該知道了今天下午發生的慘劇。」

「慘劇？什麼慘劇？」

「謀殺遊戲中扮演被害人的女孩被人殺了。」

「不會吧！」麥克．韋曼似乎大吃一驚。「你是說，那女孩『真的』被殺了？不是假裝的嗎？」

「我不知道你所謂的假裝是什麼意思。那女孩死了。」

「她是怎麼死的？」

「被繩子勒死的。」

麥克．韋曼吹出一聲口哨。

「和故事情節一模一樣？這麼說，是有人從中得到了靈感。」他大步走到窗前，但立刻轉過身體，開口便問：「這麼說，我們都有嫌疑，是不是？會不會是哪個本地人下的手？」

「我們看不出本地人下手的理由。」警官說。

「其實我也看不出，」麥克．韋曼說，「警官先生，很多朋友說我是神經病，不過我可不是那種神經病。我不會在鄉間到處亂逛，勒死那些還沒發育完成、滿臉斑點的女孩子。」

「據我所知，你到這裡來是為了替喬治爵士設計一座網球館？」

「從犯罪的角度看，」麥克說，「這個差事無可指摘，可是從建築學的角度看，我就不敢肯定了。完成後的建築可能是一樁罪行，因為它破壞了莊園的整體品味。不過，你感興趣的應該不是這個，警官先生。你有興趣知道什麼呢？」

「噢，韋曼先生，我想知道，四點一刻到五點之間你人在哪裡？」

「你們是怎麼追查到這個時間的？靠醫學證明嗎？」

「不完全是，韋曼先生。有個證人在四點一刻看到那女孩還活著。」

「是哪個證人……或許我不該問？」

「是布魯威小姐。史達柏夫人要她送一盤奶油蛋糕和果汁去給那女孩。」

「是海蒂叫她去的？我絕對不相信。」

「為什麼你不信，韋曼先生？」

「這不像她，她不會為這種事操心，可愛的史達柏夫人，腦袋只繞著自己打轉。」

「韋曼先生，我還在等你回答我的問題。」

「四點一刻到五點之間我人在哪裡？噢，說真的，警官先生，我一時也說不上來。我到處亂逛……如果你明白我的意思。」

「大概在什麼地方？」

「噢，一會兒在東，一會兒在西。我在草坪的人群中混了一陣，看著那些本地人自得其樂，又和那個花蝴蝶似的電影明星聊了幾句。後來我覺得厭煩了，就跑到網球場去思考網球館的設計。我當時還想，不知道要多久才會有人看出，破案遊戲第一個線索的那張照片是一段網球隔網。」

「有人認出來了嗎？」

「有，我相信有人來過，不過我並沒有很注意。當時我對設計網球館有了一個新構想，一個對我們雙方——我和喬治爵士——都兩全其美的構想。」

「後來呢？」

「後來？噢，我隨便逛了逛，就回大宅來了。我到碼頭去過，和老默德爾聊了幾句，隨後就走回來。我不記得正確的時間。我剛說過，我一直在到處亂逛！就是這樣。」

「韋曼先生，」警官以輕快的口氣說道，「我相信這一切我們都能得到證實。」

「默德爾會告訴你，我在碼頭和他說過話。不過當然，比起你剛問到的時間是晚了很多。我走到碼頭的時間，一定是五點以後了。這答案並不令人滿意，對吧，警官先生？」

「韋曼先生，我想我們能夠將範圍縮小一些。」

警官的聲音雖然和善悅耳，但其中帶有一絲嚴厲，而且沒有逃過年輕建築師的耳朵。

他在椅子的扶手上坐下來。

「說真的，」他說，「誰會想去殺害那個女孩呢？」

「你自己一點想法也沒有嗎，韋曼先生？」

「噢，要我說，我第一個想到的是我們那位多產的女作家，那位一身紫紅的危險人物。你看到她那身大紅大紫的裝扮了嗎？我想她或許是一時精神失常，認為要是在破案遊戲中真的來一具屍體，那一定有趣多了。這個想法怎麼樣？」

「你當真這麼想嗎，韋曼先生？」

「這是我唯一想到的可能。」

「韋曼先生，我還想請教你一件事。今天下午你看到史達柏夫人了嗎？」

「我當然看到了。誰會看不到她？打扮得就像個克麗絲汀・迪奧的衣架子。」

「你最後一次看到她是什麼時候？」
「最後一次？我不知道。她在草坪上招搖的時候，大概是三點半吧，要不然就是三點四十五分。」
「之後你就沒再見過她？」
「沒有。怎麼了？」
「我是在納悶，好像四點過後就沒人見過她了。史達柏夫人她……突然消失了，韋曼先生。」
「消失了！我們的海蒂？」
「你覺得很意外嗎？」
「沒錯，我確實十分意外……不知道她發生了什麼事。」
「你對史達柏夫人非常了解嗎，韋曼先生？」
「我才來這裡四、五天，先前從未見過她。」
「而你對她是不是已經有了某種看法呢？」
「我覺得，她比大多數人都懂得利之所趨，」麥克．韋曼冷冷地說，「她是個非常講究門面的女人，而且懂得充分利用這一點。」
「可是頭腦不太靈光，對吧？」
「這就要看你所謂的頭腦靈光是怎樣定義了，」麥克．韋曼說，「我不會形容她是個知識份子，不過如果你以為她低能，那你就錯了。」他的聲音透著尖酸刻薄。「我覺得她腦筋清楚得很，誰也比不上她。」

警官挑起眉頭。

「這可不是一般人的看法。」

「由於某種緣故，她喜歡裝出一副癡傻的模樣，我不知道為什麼。不過一如我所說，在我看來，她腦筋清楚得很。」

警官打量他片刻，接著說道：「對於我剛提到的那段時間，你無法將你所在的地點和時間說得更確切些嗎？」

「很抱歉，」韋曼急急說道，「恐怕沒辦法。我的記性很糟，從來就記不清楚時間。」他又說：「我這邊問完了吧？」

警官點點頭，他馬上就離開了房間。

「我真想知道，」警官像是自言自語又像是對著霍斯金說道，「他和這位女主人到底有什麼過節。如果不是他想吃她豆腐而遭到拒絕，就是有過什麼爭執。」他繼續說：「你說說看，這一帶對喬治爵士和他的夫人有什麼看法？」

「她是傻子。」霍斯金警士說。

「我知道『你』是這麼想，霍斯金。這是普遍的看法嗎？」

「我敢說是的。」

「那喬治爵士呢？大家喜歡他嗎？」
「大家都很喜歡他。他是個優秀的運動員，還懂一點農務。老太太也幫了好大的忙。」
「什麼老太太？」
「就是住在小屋裡的福立亞老太太。」
「噢，當然。這地方本來是福立亞家族的，對吧？」
「對。多虧了老太太，喬治爵士和史達柏夫人才能廣結善緣。她到處為他們介紹有頭有臉的人。」
「你認為他們有付她酬勞嗎？」
「噢，沒有，福立亞太太不會收取酬勞的，」霍斯金的語氣聽來非常驚訝。「據我所知，福立亞太太在史達柏夫人結婚前就認識她了，而說服喬治爵士把這座莊園買下來的也是她。」
「我得和這位福立亞太太談談。」警官說。
「啊，她是個精明的老太太。什麼事情她都知道得清清楚楚。」
「我一定要找她談談，」警官說，「不知道她現在人在哪裡。」

／11

這時候，福立亞太太正在偌大的客廳裡和赫丘勒．白羅談話。剛才他發現她斜倚在屋角的一張椅子上，於是他走進客廳，但她竟緊張得驚跳起來，不過也隨即靠回椅背。她嘴裡喃喃說道：「噢，是你，白羅先生。」

「真抱歉，夫人，我打擾到你了。」

「噢，沒有，你沒有打擾我。我只是想休息一會，沒什麼。我年歲不小了。這個驚嚇對我來說太大了。」

「我了解，」白羅說，「我真的了解。」

福立亞太太的小手抓著一方手帕，兩眼直瞪著天花板。她感情激動而半哽咽地說道：

「我一想到就受不了，可憐的女孩，可憐的女孩……」

「我懂，」白羅說，「我懂。」

「這麼年輕，」老太太說，「人生才剛開始。」她又說了一遍：「我一想到就受不了。」

白羅好奇地望著她。他心想，她和今天下午比起來彷彿老了十歲。當時正在迎接賓客的她是一位優雅的女主人，而現在，她的臉鬆弛而憔悴，皺紋縱橫。

「夫人，昨天你跟我說過，這是個邪惡的世界。」

「我說過這種話？」福立亞太太似乎十分吃驚。「這是事實……噢，沒錯，我也才剛領悟到，這話真的是千真萬確。」接著她又低聲說了一句：「可是，我怎麼也沒想到會發生這種事。」

他再度好奇地望著她。

「那麼，你本來以為會出什麼事呢？一定會出事嗎？」

「不，不，我不是這個意思。」

白羅並不放鬆。

「可是你確實料到會出事……某種異乎尋常的事。」

「你誤會我了，白羅先生。我只是說，在這樣的園遊會當中，你最意想不到的就是發生這種事。」

「史達柏夫人今天早上也對我提到了邪惡這兩個字。」

「是嗎？噢，別跟我提她，不要提她。我不願意想到她。」她沉默片刻，接著又說：

「她是怎麼說的呢……你說她提到邪惡？」

「她是指她的表哥歐帝安．德蘇沙。她說他很邪惡，是個壞人。她還說，她很怕他。」

他默默觀察她，而她只是搖搖頭，表示不能理解。

「歐帝安．德蘇沙，他是什麼人？」

「噢，夫人，我忘了早餐的時候你不在。史達柏夫人收到她表哥的一封信，她從十五歲以後就沒再見過他。他告訴她，他打算今天下午來看她。」

「他來了嗎？」

「來了。他在四點半左右來到這裡。」

「那就對了，你說的是從渡口那條路走來、那個黑皮膚的漂亮年輕人嗎？我當時還在納悶他是什麼人。」

「是的，夫人，那就是德蘇沙先生。」

福立亞太太激動地說：「如果我是你，我絕對不會把海蒂說的話當真，」看到白羅訝異地望著她，她的臉紅了，不過還是繼續說下去。「她像個小孩一樣。我的意思是說，她的用字就像個小孩……邪惡、好人、壞人，完全沒有灰色地帶。我絕對不會把她形容歐帝安的話放在心上。」

這話再度引起白羅的好奇。他緩緩說道：「你很了解史達柏夫人，是不是，夫人？」

「我對她的了解不亞於任何人，可能更甚於她的丈夫。那又如何呢？」

「她到底是怎麼樣的一個人，夫人？」

「你這問題問得很奇怪，白羅先生。」

「夫人，你可知道史達柏夫人完全消失了蹤影？」

她的回答依然令他吃驚。她既未顯示關心，也毫不訝異，只是說：「原來她跑掉了，是嗎？原來如此。」

「對你來說這很自然，是嗎？」

「自然？噢，我不敢說。海蒂有時候很不負責任。」

「你認為她是心虛才跑掉的嗎？」

「你這是什麼意思，白羅先生？」

「她的表哥今天下午曾經提起她。他不經意提到，她一向就是弱智。我想，夫人，你一定知道弱智的人有時候無法為他們的行為負責。」

「你到底想說什麼，白羅先生？」

「一如你所說，這種人頭腦十分簡單，就像個孩子。一旦怒火上升，他們甚至會殺人。」

福立亞太太突然憤怒地轉過身來面對他。

「海蒂不是這樣的！我不准你這樣胡說八道。她是個溫柔、好心的女孩，儘管她……頭腦有些簡單。海蒂絕對不會去殺『任何人』。」

她面對著他，不斷喘著大氣，依然怒火滿腔。

白羅覺得好奇怪，非常奇怪。

§

霍斯金警士走進來，打破了僵局。

他帶著歉意說道：「我一直在找您，夫人。」

「晚安，霍斯金。」福立亞太太再次表現出納塞莊園女主人的端莊冷靜。「是嗎？什麼事？」

「警官先生向您致意，並且希望和您談談……如果您可以的話。」霍斯金也跟白羅一樣，注意到了那樁意外事件對她的影響，連忙加上一句。

「我當然可以。」

福立亞太太站起身，跟著霍斯金走出客廳。白羅出於禮貌也站起身，之後又坐下，他不解地蹙起眉頭，眼睛瞪著天花板。

福立亞太太走進房間，警官站起來，霍斯金則為她拿來一張椅子，請她就座。

「很抱歉打擾你，福立亞太太，」布蘭德說，「不過我相信鄰近的人你全都認識，我想或許你能幫我們的忙。」

老太太淡淡一笑。

「我想，」她說，「要說有誰對這地區的人都瞭若指掌，那人就是我。警官先生，你想知道些什麼呢？」

「你認識塔克一家嗎？全家人和這女孩都認識？」

「噢，認識，當然認識。他們一直就是這塊土地的佃戶。塔克太太出身大家庭，她是老么，大哥當過我們的園丁領班。她嫁給艾爾斐．塔克，一個農夫，人雖然傻，但很厚道。塔克太太則挺精明。你知道，她是個能幹的好管家，房子收拾得乾乾淨淨，要是塔克穿著沾滿泥漿的靴子回家，她是絕對不准他走過洗碗槽的。就是這種精明。她老是數落孩子。她的孩子現在多半都已成家立業，就剩下這個可憐的孩子瑪琳和底下兩個更小的男孩和一個女孩都還在上學。」

「夫人，就你對這家人的了解，你能想出今天瑪琳是出於什麼原因被人殺害嗎？」

「不能，我真的想不出來。這件事非常、非常令人難以置信，你應該明白我的意思，警官先生。應該不是男朋友或諸如此類的因素，或者說，我想不是這類原因。總之，我沒聽說過。」

「參與這次破案遊戲的人呢？你能提供我們一些資料嗎？」

「噢，奧利薇夫人我過去從沒見過。她和我想像中的犯罪小說作家很不一樣。出了這樣的事，她感到很難過，可憐啊……不過這也很自然。」

「其他的幫手呢？譬如說，沃伯頓上尉？」

「我看不出他有何理由要殺害瑪琳．塔克……如果你是問我這個的話。」福立亞太太鎮定地說，「我不大喜歡他，他是那種我稱為滑頭的人，不過，我想搞政治的人就得會耍弄各種政治手腕。對於這次園遊會，他確實非常賣力，可說是盡心盡力。但是再怎麼說，我認為他不可能殺害那女孩，因為他整個下午都待在草坪上。」

警官點點頭。

「萊格夫婦呢？你對這對夫妻的了解如何？」

「噢，這對年輕夫婦似乎挺不錯的。萊格有點……不妨說是喜怒無常吧，我對他了解不多。她是從卡斯泰家族嫁過來的，我和她家的一些親戚十分熟悉。他們租下米爾小屋已經兩個月了，我希望他們在這裡有個愉快的假期。我們彼此相處十分和睦。」

「據我所知，她是個迷人的女人。」

「噢，是的，非常迷人。」

「你認為喬治爵士覺不覺得她很迷人呢？」

老太太露出十分驚訝的神色。

「噢，不可能，我敢保證沒那種事。喬治爵士的心思全放在事業上，他也很愛他的妻子，他絕對不是那種會拈花惹草的男人。」

「史達柏夫人和萊格先生之間也沒有任何瓜葛？」

老太太又搖搖頭。

「噢，沒有，絕對沒有。」

警官依然不肯罷休。

「就你所知，喬治爵士和史達柏夫人之間有沒有問題？」

「我很肯定，絕對沒有，」福立亞太太帶著強調的語氣說道，「如果有的話，我一定會知道。」

「這麼說，史達柏夫人之所以出走，不可能是由於夫妻之間的不和？」

「噢，不可能。」她接著輕聲說，「我聽說，這個傻孩子不想和她的表哥見面。這是一種孩子氣的畏懼，所以她就像個小孩一樣跑掉了。」

「這是你的看法。你認為僅止於這樣，別無其他理由？」

「噢，沒有了。我猜她很快就會難為情地自己回來了。」她隨意問了一句：「對了，她表哥怎麼樣了？他還在莊園裡嗎？」

「我相信他已經回到遊艇上去了。」

「遊艇停泊在赫茅斯，是嗎？」

「是的，在赫茅斯。」

「原來如此，」福立亞太太說，「噢，太失禮了，海蒂竟要起孩子脾氣。不過，如果他還要在這兒待上一兩天，我們會讓她明白，她應該有點禮貌。」

警官心想，這句話其實是個問號，不過他雖然自問，卻沒有自答。

「你或許會想，」他說，「這離題太遠了。只是，老太太，你應該明白，我們必須調查很大的範圍。拿布魯威小姐來說吧，你對布魯威小姐有多少了解呢？」

「哦，她是個很出色的祕書。其實她不只是個祕書，簡直算是這裡的女管家。如果沒有她，我真不知道他們該如何是好。」

「她在喬治爵士結婚之前就擔任他的祕書嗎？」

「我想是，但我不敢肯定。我是在她和他們來到這裡以後才認識她的。」

「她並不喜歡史達柏夫人，對吧？」

「對，」老太太說，「恐怕是很不喜歡。我覺得這些能幹的女祕書都不會喜歡老闆娘，你應該懂我意思。這大概也很自然吧。」

「是你還是史達柏夫人，要布魯威小姐為船屋裡的女孩送蛋糕和果汁的？」

老太太似乎有些吃驚。

「我記得，布魯威小姐是拿了一些蛋糕和其他東西，說要給瑪琳送去。我不知道是誰要她送去或是誰特別交代的。絕對不是我。」

「哦。你說你從四點開始就一直待在茶水帳篷裡。我想，萊格太太那時候也在帳篷裡喝茶吧。」

「萊格太太嗎？不，我想沒有。至少我不記得在那裡見過她。事實上，我很確定她不在帳篷裡。從托基來的大客車載來了大批人潮，我記得我在帳篷上下看了一圈，心想他們一定都是夏季遊客，因為幾乎沒有一張面孔是我認識的。我想，萊格太太一定是後來才到那裡去喝茶的。」

「噢，好吧，」警官說，「這不重要。」他心平氣和地說道：「我想，大概就是這樣了。夫人，謝謝你如此熱心幫忙。我們只希望史達柏夫人很快就會回來。」

「我也是這麼希望，」福立亞太太說，「這孩子讓大家這樣心焦，真是太不替人著想了。」她故作輕鬆地說，然而語氣中流露出來的情緒並不自然。「我相信，」她又說，「她一定不會有事，一定沒事的。」

這時候門開了，一個臉上長著雀斑的漂亮紅髮女人走進來。她說：「聽說你在找我？」

「這位是萊格太太，警官先生，」福立亞太太介紹道，「莎莉，親愛的，我不知道你是否聽說了那件可怕的事情？」

「噢，我聽說了！太可怕了，對吧？」萊格太太說。

她嘆了口氣，彷彿精疲力盡了。等福立亞太太一離開房間，她立刻在那張椅子上坐下。

「我覺得這一切太令人難過，」她說，「簡直叫人難以置信，你應該明白我意思。我恐怕什麼忙也幫不上。你知道，整個下午我都在算命，所以什麼動靜也沒注意到。」

「我知道，萊格太太。不過我們還是得向每個人問一些例行問題。比如說，在四點一刻和五點之間，你人在什麼地方？」

「噢，四點的時候我喝茶去了。」

「在茶水帳篷裡嗎？」

「是的。」

「我想，人一定非常多吧！」

「噢，多得要命。」

「你在那裡有沒有看到認識的人？」

「噢，有的，我看到幾個老朋友，不過都沒跟他們說話。老天，那時候我只想喝口茶！一如我所說，當時是四點。我四點半回到算命帳篷，繼續工作。天知道最後我都給了那些女人什麼承諾：嫁個百萬富翁、成為好萊塢的電影明星……真是天知道。純粹是信口開河，而那些女人好像也都信了。」

「你不在的那半個鐘頭發生了什麼事……我的意思是，如果有人跑來要算命呢？」

「噢，我在帳篷外面掛了塊牌子，上面寫著：『四點半回來』。」

警官寫在記事本上。

「你最後一次見到史達柏夫人是什麼時候？」

「海蒂嗎？我不太確定。我從算命帳篷走出去喝茶的時候，她人就在附近，不過我沒和她講話，之後我記得就沒見過她了。剛才有人告訴我她不見了，是真的嗎？」

「沒錯，是真的。」

「噢，」莎莉．萊格以輕鬆的口氣說道，「你知道，她腦筋有點不正常。我敢說，她一定是被那樁命案給嚇壞了。」

「好吧，謝謝你了，萊格太太。」

說完，萊格太太立刻起身離開。她從站在門口的赫丘勒・白羅身邊走過，步出房門。

§

警官望著天花板，嘴裡說道：「萊格太太說，四點到四點半之間她在茶水帳篷裡。福立亞太太說，她從四點開始就一直在茶水帳篷裡幫忙，可是萊格太太並沒有露面。」他頓了頓，接著又說：「布魯威小姐說，史達柏夫人要她為瑪琳・塔克送去蛋糕和果汁。麥克・韋曼卻說，史達柏夫人不可能做這樣的吩咐，這和她的個性完全不符。」

「啊，」白羅說，「互相矛盾的證詞！沒錯，我們老是會碰上這種事。」

「可是，它們對釐清真相大有妨礙！」警官說，「有時候矛盾的證詞是事關緊要，但十之八九並不重要。唉，我們有得辛苦了，這點倒是很確定。」

「你現在想法如何呢？可有新的點子？」

「我想，」警官說，面色甚是凝重。「是瑪琳・塔克無意間看到了她不該看到的事，所以凶手只好殺人滅口。」

「我不想反駁你的看法，」白羅說，「問題是，她到底看到了什麼？」

「她可能看見有人遭到謀殺，」警官說，「或是看到了那個殺人凶手。」

「謀殺？」白羅問，「謀殺誰呢？」

「你的想法如何，白羅先生？史達柏夫人是活著還是死了？」

白羅思索片刻，這才答道：「我的朋友，我認為史達柏夫人已經不在人世了。我告訴你我為什麼會這麼想。那是因為福立亞太太認為她死了。沒錯，不管福立亞太太嘴裡怎麼說或假裝怎樣想，她心裡其實相信海蒂·史達柏已經死了。」他又補上一句：「福立亞太太知道許多我們並不知情的祕密。」

／12

翌晨，赫丘勒．白羅下樓吃早餐。餐桌旁的人稀稀落落。奧利薇夫人因為昨天發生的事驚魂未定，因此留在床上用早餐。麥克．韋曼喝了一杯咖啡後便早早離去，餐桌上只有喬治爵士和忠心耿耿的布魯威小姐。喬治爵士一副食不下嚥的模樣，清楚表露出他的精神狀態；盤裡的食物幾乎動也沒動地放在他面前。他將布魯威小姐拆封後放在他面前的一小疊信件推到一旁，魂不守舍地喝著咖啡。

「早安，白羅先生。」他以應付的語氣說了一句，隨即又開始發愣，時不時口裡還嘟囔幾聲。

「這整件事真棘手，叫人不敢相信。她能去哪裡呢？」

「星期四在法院開庭調查死亡原因，」布魯威小姐說，「他們打電話來通知我們了。」

她的老闆望著她，好像沒聽懂。

「調查？」他說，「噢，對，當然。」他的口氣聽來茫茫然又毫無興趣。啜了兩口咖啡後，他又說：「女人真是難以捉摸。她到底是怎麼想的呢？」

布魯威小姐緊抿雙唇。一向敏銳的白羅觀察到，她的神經處於高度緊張的狀態。

「霍奇森公司的人今天上午要來見你，」她說，「是關於農場擠奶棚的電氣化問題。十二點還有……」

喬治爵士打斷她。

「我誰也見不了，把這些事全往後推！你到底是怎麼想的？我為我太太都快急瘋了，還有心情管什麼生意？」

「那就聽你的吧，喬治爵士。」布魯威小姐這句話有如律師常掛在嘴邊的「那就悉聽尊便」。她的不滿溢於言表。

「我永遠摸不透，」喬治爵士說，「女人腦袋裡都裝了些什麼，也不知道她們會幹出什麼傻事來！你說是不是？」他將這個問號丟給白羅。

「女人？她們的確是高深莫測。」白羅說，一面帶著高盧人的熱情揚起眉毛、舉起雙手。

布魯威小姐惱怒似的哼了一聲。

「她『好像』很正常，」喬治說，「她好喜歡那枚新戒指，高高興興地打扮好要去逛園遊會，一切和平常沒有兩樣，不像我們有過口角或爭吵的樣子。可是她一個字也沒留就這麼走了。」

「那些信怎麼辦，喬治爵士？」布魯威小姐開口問。

「讓那些該死的信都見鬼去吧。」喬治爵士邊說邊把咖啡杯一推。

他抓起放在盤邊的信，扔也似的朝她丟去。

「你愛怎麼回就怎麼回！別再煩我。」他帶著一種受傷的語氣，有如自言自語般繼續說道，「而我卻毫無辦法……我甚至不知道警察局那傢伙管不管用。他講話輕聲細語，溫和得要命。」

「我相信，」布魯威小姐說，「警察是很有能耐的。他們有很多管道去追查失蹤者的下落。」

「有時候，」喬治爵士說，「要他們找個逃家躲在稻草堆裡的小孩都得花上好幾天呢。」

「我想，史達柏夫人不可能躲在稻草堆裡的，爵士。」

「我真希望我有辦法可想，」這位悲傷的丈夫又說了一遍。「你知道，我想我可以在報上登個廣告。阿曼達，你記一下，好吧？」他思索片刻。「『海蒂，請回家來吧，迫切需要你。喬治上』。要登在所有的報紙上，阿曼達。」

布魯威小姐尖酸地說：「夫人不常看報，爵士。她對時事或世界上正在發生的事毫無興趣。」她狡黠地添了一句：「當然，你可以在《時尚》雜誌登個廣告，她或許會注意到。」

不過喬治爵士此時並沒有心情去欣賞她的狡黠，他只是簡潔說道：「你想登在哪裡就登在哪裡，可是一定要登。」

他站起身，朝門口走去。他的手握上門把，腳步卻停了下來，接著走回幾步，逕自對白羅說：「聽好，白羅，你該不會認為她死了吧？」

白羅盯著自己的咖啡杯，口裡回答：「爵士，我得說，現在做這種假設還言之過早。到目前為止，我們沒有理由這麼想。」

「這麼說，你真的認為她死了，」喬治爵士沉重地說，「可是，」他擺出對抗的姿態。「我不這麼想！我說她什麼事也沒有。」

他一邊說一邊猛點頭，挑戰意味十足，接著將門砰然一聲帶上，離開了飯廳。

白羅將奶油抹在烤吐司上，一面若有所思。在揣測妻子可能遭到謀殺的案件中，他總會不由自主地懷疑起那些丈夫（反之亦然，如果是丈夫遇害，他會懷疑妻子）。可是對於這起案件，他不認為喬治爵士殺害了史達柏夫人。從他對兩人短暫的觀察中，他深信喬治爵士是真心愛他的妻子。更何況，就他那驚人的記憶所及（他的記憶相當出色），喬治爵士在他和奧利薇夫人離開草坪、發現屍體之前，整個下午都待在草坪上，而當他們帶著噩耗回到草坪時，他依然在那裡。不，喬治爵士不應該會殺害海蒂……如果海蒂已死。白羅告訴自己，再怎麼說，目前還沒有理由相信海蒂已死。而他剛才對喬治爵士說的雖是實話，不過在他心底，他已經深信不疑。他想，眼前的情景分明是某種謀殺的模式……一場雙重謀殺。

布魯威小姐打斷他的思路，她的語氣帶著怨毒，幾乎要哭了出來。

「男人都是傻瓜，」她說，「十足的傻瓜！他們可說是聰明一世，卻糊塗得跑去和完全不相配的女人結婚。」

白羅一向樂於讓別人開口說話。和他說話的人愈多、對他說的話愈多，就愈合他的心意。陳糠爛穀當中總會有一顆麥粒。

「你認為這是一樁不幸的婚姻？」他問。

「是災難，簡直是一場災難。」

「你的意思是，他們在一起並不幸福？」

「她在各方面都給了他很壞的影響。」

「啊，我覺得這點非常有意思。是什麼樣的壞影響呢？」

「對他呼來喚去的，從他那裡索討許多貴重的禮物……首飾那麼多，哪個女人戴得完？還有皮草。她有兩件貂皮大衣和一件俄國雪鼬皮袍。一個女人要兩件貂皮大衣做什麼？我倒要請問。」

白羅搖搖頭。

「這我不懂。」他說。

「狡猾，」布魯威小姐說，「不老實！老愛裝得笨頭笨腦，尤其是有人在的時候。我想，她大概以為他喜歡那樣！」

「他是不是真喜歡她那樣呢？」

「哦，男人！」布魯威小姐說，嗓音有著瀕臨歇斯底里的顫抖。「他們不欣賞能幹、無私、忠誠或這一類的美德！如果喬治爵士有個聰明能幹的賢內助，他現在早就有所成就了。」

「什麼樣的成就呢？」白羅問。

「噢，他可以在地方上占有重要的一席之地，或是進入議會。他這人比可憐的馬斯頓先生能幹多了。我不知道你有沒有聽過馬斯頓先生在台上演講？真是語不成句，味同嚼蠟。他能得到今天的地位，完全是靠他太太。馬斯頓夫人才是他幕後的推手，論魄力、積極主動和政治敏銳，她一切具備。」

白羅一想到和馬斯頓夫人這樣的人結婚就感到不寒而慄，不過他倒是由衷贊同布魯威小姐的話。

「沒錯，」他說。「她的確如你所說，是個女強人。」他自言自語道。

「喬治爵士似乎沒什麼雄心壯志，」布魯威小姐繼續說下去。「他住在這裡、四處蹓躂、好像做個鄉村仕紳就心滿意足了，只會為了履行董事職責之類的事才偶爾跑一趟倫敦。可是以他的能力，他原本是可以更有作為的。他真的是個出類拔萃的人，白羅先生。那個女人從來就不了解他，只把他當作一個可以製造毛皮大衣、首飾和貴重衣服的機器。要是他娶了個真正賞識他能力的人……」她沒再往下說，聲音帶著顫抖。

白羅帶著由衷的同情望著她。布魯威小姐愛上了她的老闆，她對他懷著一份他或許渾然不覺且絕對不會感興趣的忠貞、信實和熱烈的感情。對喬治爵士來說，阿曼達．布魯威不過是個替他分擔日常雜務的高效率機器，接電話、寫信、雇用僕人、安排膳食，讓他的生活過得平平順順。白羅想，他恐怕從來就沒把她當個女人看，而這一點自有它的危險。女人是會被激怒的；被自己鍾情的男人漠視，很可能激發她們強烈的歇斯底里。

「一個狡詐、詭計多端、心機深重的女人，她就是這種人。」布魯威小姐淚眼汪汪說道。

「我注意到你說『她就是』，而非『她曾經是』。」白羅說。

「她當然沒有死！」布魯威小姐的語氣充滿輕蔑。「她是和別的男人跑了，這就是她幹的好事！她就是這種人。」

「有可能。這種可能總是有。」

白羅說完，又拿起了一片吐司，抑鬱地望望那瓶橘子果醬，接著將餐桌環視一遍，看看可有其他不同的果醬。什麼也沒有，他只好拿奶油湊合。

「只有這樣才說得通，」布魯威小姐說，「當然，他是不會這麼想。」

「她是不是……曾經和其他男人有過瓜葛？」白羅拐彎抹角地問。

「噢，她可是很聰明的。」布魯威小姐說。

「你是說，你從來沒有觀察到這類的事情？」

「她很小心，不會讓我看到。」布魯威小姐說。

「可是，你認為她可能和某人……我該怎麼說呢？暗通款曲？」

「她為了迷住麥克．韋曼，簡直無所不用其極，」布魯威小姐說，「在這種季節，還帶他到花園去看什麼山茶花！而且假裝對網球館很有興趣。」

「再怎麼說，他來這裡就是為了這個，而且據我了解，喬治爵士之所以要建個網球館，主要也是為了討妻子的歡心。」

「她不會打網球，」布魯威小姐說，「她『什麼』也不會，光會支使別人到處奔波、一頭熱火，好讓她有個漂亮的地方坐坐。噢，沒錯，為了把麥克．韋曼迷倒，她真是使出渾身解數。要不是他另有所好，也許她早就如願了。」

「啊，」白羅邊說邊刮出少許橘子醬抹在烤吐司的一角，猶豫地咬了一口。「原來麥克先生另有所好？」

「他是萊格太太推薦給喬治爵士的，」布魯威小姐說，「她在婚前就認識他了。我聽說，是在切爾西[12]之類的地方認識的。你知道，她過去也會畫幾筆。」

「看來她是個迷人而聰慧的女人。」白羅試探道。

「噢，沒錯，她是很聰慧，」布魯威小姐說，「她上過大學。如果她沒結婚，我敢說她很可能闖出一番事業來。」

「她結婚很久了嗎？」

「我想，大概有三年了吧。我不認為這個婚姻很美滿。」

12　切爾西（Chelsea），英國倫敦著名的文教區。

「他們……性格不合嗎？」

「萊格是個古怪的年輕人，非常情緒化，總是獨來獨往。我聽說，有時候他對她脾氣十分暴躁。」

「啊，」白羅說，「吵了好，好了吵，這是初期婚姻生活的一部分。要是沒有這些，生活恐怕就太單調了。」

「自從麥克．韋曼來到這裡後，她常和他在一起，」布魯威小姐說，「我認為他在她和亞歷克．萊格結婚前曾經愛過她。不過我敢說，她只把它視為是逢場作戲。」

「可是，萊格先生或許會對此感到不快吧？」

「沒有人了解他，他太難以捉摸了。不過我覺得，他近來的情緒比起以往更加起伏不定。」

「他可不可能對史達柏夫人有所愛戀？」

「我敢說她是這麼以為的。她以為自己只要勾勾手指，任何男人就都會愛上她！」

「不管怎麼樣，倘若她一如你所說，和某個男人私奔了，這人也不會是韋曼先生，因為韋曼先生還在這裡。」

「我毫不懷疑，她暗地裡一直在跟什麼人幽會，」布魯威小姐說，「她常在夜深人靜的時候溜出莊園，一個人跑到樹林裡去。前天晚上就是。她打著哈欠說要去睡覺，可是不到半個鐘頭，我就看見她頭上披著圍巾從側門溜出去了。」

白羅若有所思地望著對面這個女人。他不知道布魯威小姐這些關於史達柏夫人的話是可以信賴呢，還只是出於她一廂情願的癡想。他相信，福立亞太太絕對不會同意布魯威小姐的看法，而福立亞太太遠比布魯威小姐更了解海蒂。如果史達柏夫人和情人私奔出走，這顯然符合布魯威小姐的心意；她可以有機會去安慰那個失去愛妻的丈夫，並且迅速有效地辦好離婚事宜。不過，這不會是真的，不可能、也不像是真的。白羅想，倘若海蒂．史達柏確實和情人私奔了，那麼她選擇的時機也太奇怪了。就他個人而言，他不相信她會這麼做。

布魯威小姐吸吸鼻子，把散亂的信件收攏一處。

「要是喬治爵士真要登廣告，我想我最好去處理一下，」她說，「完全是無聊的舉動，浪費時間。噢，早安，馬斯頓夫人。」

她隨口說了一句，因為這時門被推開，馬斯頓夫人走了進來。

「我聽說，死亡原因的調查訂於星期四開庭，」她有如洪鐘的聲音說道，「早安，白羅先生。」

布魯威小姐停下動作，一隻手上全是信件。

「有什麼我能效勞的嗎，馬斯頓夫人？」她問。

「不用了，謝謝你，布魯威小姐。我相信今天上午你手頭一定有不少事要忙，不過我要謝謝你，昨天你做得太好了。你的活動能力強，工作又勤奮，我們都非常感激。」

「謝謝你，馬斯頓夫人。」

「好了，我不耽誤你的事了。我坐下和白羅先生聊聊天吧。」

「不勝榮幸，夫人。」已經站起身的白羅邊說邊鞠了個躬。

馬斯頓夫人拉出一張椅子，坐了下來。布魯威小姐離開飯廳，神態已然恢復平日的精明強悍。

「了不起的女人，」馬斯頓夫人說，「如果沒有她，真不知道史達柏夫婦要怎麼過日子。這年頭，管理一個莊園是需要一點本事。可憐的海蒂不可能應付得來。這件事非同小可，白羅先生。我想請教你，你可有什麼想法？」

「您自己的想法如何呢，夫人？」

「當然，這是件令人難受的事，不過我認為，這附近有個心理病態的人——我希望這人不是本地人——可能是從精神病院放出來的。這年頭，他們老把那些治療到一半的人放出來；我的意思是，沒有人會想去勒死塔克家那個女孩；我是說，除非是變態心理作祟，否則不可能有做案動機。而假如這人精神不正常，不管他是誰，我會說那可憐的女孩一定就是他勒死的，而海蒂．史達柏同樣也可能被他勒死了。你知道，她腦筋不大靈光，可憐的孩子。如果她碰到一個看似平常的人邀她到樹林看什麼東西，她很可能就像綿羊一樣跟著人家走，絲毫不存戒心。」

「你認為她的屍體就在莊園的某處？」

「是的，白羅先生，我是這麼認為。如果警方好好搜索，他們會找到的。我得提醒你，這片林地約莫有六十五英畝，如果屍體被拖進灌木叢或順著斜坡滾進樹林裡，要找到當然得費一些工夫。他們必須找幾條警犬來。」馬斯頓夫人說，她那副模樣看來活生生就像一條警犬。「找警犬來！我得親自打個電話給警察局長告訴他。」

「夫人，您可能說得對。」白羅說。

顯然這是他唯一能對馬斯頓夫人說的話。

「我當然說得對，」馬斯頓夫人說，「可是我必須說，我感到非常不安，因為那傢伙還在附近。等一下我離開的時候，我得到村子裡去告訴那些做母親的，要她們特別留意自己的女兒，別讓她們一個人亂跑。白羅先生，想到我們當中有個殺人犯，這滋味可不好受。」

「夫人，我有個小小疑問。一個陌生人怎麼可能進入船屋呢？他得有鑰匙才能進去。」

「噢，這個，」馬斯頓夫人說，「太容易了，她一定是自己出來了。」

「走出船屋？」

「沒錯，我想她一定是待膩了，女孩都這樣。她可能信步走出船屋，舉目四望。我想，她極有可能親眼看到海蒂．史達柏被殺害。她聽到了掙扎或是什麼聲音，於是跑過去看，那個殺了史達柏夫人的人自然也得殺她滅口。接著他把她搬回船屋，丟棄在那裡，出來後把門帶上，這些都易如反掌。那是一把耶魯鎖，一拉就能鎖上。」

白羅輕點著頭。他並不想和馬斯頓夫人爭論，也不想對她指出一個她完全忽略了的有趣事實：瑪琳．塔克就算真是在船屋之外被殺害，那凶手一定深知這場破案遊戲的內容，才會將她搬回到原來的地方，放在原本安排給「被害人」的位置上。他柔聲說道：「喬治爵士相信他的妻子還活著。」

「老兄，他這麼說是因為他自己騙自己。你知道，他對她是真心關愛。」她又說出一番出人意表的話。「儘管喬治．史達柏出身低又是城裡人，可是我喜歡他，他的鄉下生活挺如魚得水的。他最壞的毛病就是有點勢利眼。話說回來，在社交圈裡，勢利眼也沒什麼害處。」

白羅語帶挖苦地說：「夫人，毫無疑問，這年頭有錢和出身高貴一樣，都變成了大家認可的通行證。」

「親愛的朋友，你這話說得再對也沒有了。他根本沒有必要做個勢利小人，只要買下這塊地，大把大把的花錢，我們不就全跑上門來了？不過，大家是真的喜歡他，不僅是因為他有錢。當然，這跟艾蜜．福立亞也有點關係。她是他們的保證人，你要知道，她在這一帶有很大的影響力。是啊，打從都鐸[13]開始，福立亞家族就在這裡了。」

「納塞莊園永遠有福立亞家族的人。」白羅喃喃自語。

「確實，」馬斯頓夫人嘆了口氣。「戰爭的代價真是慘重，令人悲傷。年輕的男人不但戰死沙場，還要徵收遺產稅之類的。如此一來，不管是誰，有產業的人一旦沒錢維持地產，就只有賣掉一途……」

「但儘管福立亞太太失去了家園，卻依然住在這塊土地上。」

「沒錯，她還把她那個小屋布置得溫馨迷人。你進去過嗎？」

「沒有，我在門口就向她道別了。」

「不是每個人都嚥得下這口氣，」馬斯頓夫人說，「住在故宅大門口的小屋裡，眼看著陌生人入主其中。但說句公道話，我認為艾蜜．福立亞對這種境遇並不怨恨。事實上，這整件事還是拜她所賜呢。毫無疑問，到這裡來定居的想法是她灌輸給海蒂的，而且她還要海蒂去說服喬治．史達柏住進來。我想，看到這地方變成旅館或公家機關，或是被分成幾塊蓋新屋，是艾蜜．福立亞最無法忍受的事。」她站起身。「噢，我得走了，我忙得很。」

「那當然。您得找警察局長談警犬的事。」

馬斯頓夫人突然放出一陣如雷的笑聲。

「我曾經養過一陣子警犬，」她說，「大家都對我說，我自己長得就像警犬。」

白羅微微一驚，而馬斯頓夫人立刻就察覺到了。

「我敢打賭，你也是這樣想的，白羅先生。」她說。

13　都鐸（Tudor），指英國的都鐸王朝，統治期間為一四八五至一六〇三年。

／13

馬斯頓夫人離去後，白羅走到屋外，信步穿過樹林。他感到自己的感覺神經已和往日大不相同，總是情不自禁地想探探一叢叢灌木的後面，懷疑哪一叢杜鵑花可能隱藏著屍體。最後他來到福殿，走進去後在石凳上坐下，歇歇他的雙腳……它們一如慣例套著又緊又尖的漆皮鞋。

透過樹林，他隱約看到河水的粼粼閃光和樹木蓊鬱的對岸。他發現自己和那位青年建築師所見略同，這種夢幻似的建築蓋在這裡未免太不恰當。當然，你可以在樹林間砍出空隙，但即使如此，視界還是無法開闊。一如麥克・韋曼所說，若把福殿建在宅邸附近碧草如茵的堤岸邊，就可以沿著通往赫茅斯的河流，構成一幅賞心悅目的美景。白羅任自己的思緒四處奔騰。赫茅斯、希望號遊艇、歐帝安・德蘇沙。這整個案情一定是以某種方式彼此連結，然而他想不出這方式是什麼。它不時顯露出一些跡象，彷彿呼之欲出，卻又僅止於此。

一個閃閃發亮的東西引起他的注意，他彎腰拾了起來。那東西嵌在殿前水泥地面上的一條小縫隙裡。他將它放在手掌心，以隱隱約約、似曾相識的心情看著它。那是一個飛機形狀的小金飾。他蹙眉細看，腦海浮現出一幅景象：一只手鐲。一只掛滿各種飾物的金色手鐲。他彷彿又回到帳篷內，聽著朱莉卡夫人（莎莉・萊格的別名）談到黑皮膚的女人、跨海旅行和一封信所帶來的好運道。沒錯，她戴過一只掛滿各種小飾物的金手鐲。在現代的流行飾物當中，有一樣是白羅年輕時代也曾流行過的，或許就是這個原因，它才會在他的腦海中留下印象。可以斷定的是，萊格太太一定來福殿坐過，一個小飾物從她的手鐲上脫落，而她大概沒注意到。可能就在昨天下午。

白羅思索著這種可能性。這時他聽到外頭有腳步聲，驀然抬起頭來。一個身影繞到福殿的正面停了下來，那人看見白羅時不禁面露驚愕。白羅打量著這個身材瘦削、面貌清秀的年輕人，他身上穿著一件繪滿各種海龜和玳瑁的襯衫。這樣的襯衫絕不會被認錯。昨天那人身穿這件襯衫玩著椰果遊戲的時候，他曾經仔細觀察過它。

那年輕人驚惶失措，帶著外國腔立刻說道：「請原諒，我不知道……」

白羅對他微微一笑，但神態帶著不以為然。

「恐怕，」他說，「你闖入別人的私宅了吧。」

「是的，對不起。」

「你是從招待所過來的？」

「是，是的，我是從那裡來的。我以為我可以從這裡穿過樹林走到渡口去。」

「我想，」白羅柔聲說道，「你恐怕得順著原路走回去。此路是不通的。」

年輕人露出整口白牙，刻意討好地笑道：「對不起，非常對不起。」

他躬了躬身，便轉身離開。

白羅走出福殿回到小路上，看著那年輕人離去。那人走到小路盡頭，回頭望了望，看到白羅正在看他，立刻加緊腳步，消失在彎道處。

「嗯，」白羅自言自語道，「我看到的這人是個謀殺犯嗎？或者不是？」

這個年輕人昨天確實來過園遊會，撞上白羅時還怒目相向，所以他一定非常清楚，穿過樹林並不是一條直通渡口的捷徑。再說，如果他真是在找通往渡口的路，那麼他不會走福殿旁邊的這條小徑，而是繼續沿著下頭那條靠河的路走才對。更何況他到達福殿的時候，臉上分明是那種趕赴約會、到了約會地點卻又所遇非人而大為吃驚的表情。

「看樣子，」白羅自忖。「他是到這裡來會什麼人。他是來會誰呢？」接著他又想：「為什麼約在這裡？」

他走到小路彎處，望著它沒入樹林的入口。穿著海龜圖案襯衫的年輕人已經不見蹤影。看來那人必定是認為火速離去方為上策。白羅一面搖頭，一面從原路走回來。

他沉浸在自己的思緒中，靜靜繞過福殿一側，在門口停住腳步，這回輪到他大吃一驚。

他看見莎莉·萊格跪在地上，低頭察看著地面上的縫隙。她跳起來，一臉的驚惶。

「噢，白羅先生，你嚇了我一大跳。我沒聽見你走過來。」
「夫人，你在找什麼東西嗎？」
「我……沒有，其實也不是。」
「你大概是丟了什麼東西吧，」白羅說，「要不然就是……」他故意賣關子，擺出貼心的神態說道：「和人約會。真可惜，我並不是你要約會的人。」
這時她已恢復了鎮定。
「有人會在早上這種時候約會嗎？」她反問道。
「有時候，」白羅說，「我們只找得出某個時間約會。所以做丈夫的，」他加上一句，口氣有如背誦名言。「有時候會吃醋。」
「我很懷疑我丈夫會吃醋。」莎莉．萊格說。
這句話她說得輕鬆，但白羅聽得出它背後帶有一絲酸苦。
「他全副精神都放在自己身上。」
「沒有一個女人不這樣抱怨丈夫，」白羅說，「尤其是英國丈夫。」他又說。
「你們外國人體貼多了。」
「我們知道，」白羅說，「每星期至少必須對女人說一次愛她……三、四次是最好，也知道送幾朵花、誇讚幾句、告訴她她穿上新衣或新帽很漂亮等等的。」
「你就是這樣嗎？」

「夫人，我不是什麼人的丈夫，」赫丘勒．白羅說。「可惜！」他又加上一句。

「這沒什麼好可惜，我相信你樂於當個無牽無掛的單身漢。」

「不，不，夫人，我的人生錯過了這些，其實是很淒慘的。」

「我認為，結婚的人都是傻瓜。」莎莉．萊格說。

「你懷念你在切爾西作畫的日子嗎？」

「白羅先生，你好像對我知之甚詳？」

「我是個包打聽，」赫丘勒．白羅說，「什麼人的事我都愛聽。」他接著說：「夫人，你很懷念那段日子嗎？」

「噢，我不知道。」

她帶著不耐煩坐了下來。白羅在她身旁坐下。

他再度目睹了他已習以為常的現象。這個迷人的紅髮女郎正準備向他道出平常可能要三思之後才會對英國人說的話。

「我曾經希望，」她說，「放下一切到這裡來度假後，我們的情況可以回復到往昔。可是事與願違。」

「是嗎？」

「是的。亞歷克還是那樣喜怒無常，而且……噢，我不知道該怎麼說才好。他完全封閉在自己的世界裡。我不知道他是怎麼了，他神經質得厲害，動不動就發脾氣。有人打電話給他，留了些奇怪的口信，可是他什麼也不肯跟我說。我就是氣這個，他什麼都不肯告訴我！一開始我以為他有了別的女人，只是我現在不這麼想了，其實沒有……」

但白羅立刻就察覺到，她的聲音還透著懷疑。

「昨天下午你喝茶時還愉快嗎，夫人？」他問。

「喝茶時還愉快嗎？」她皺著眉頭問，思緒彷彿從遙遠的地方拉回來，隨即趕忙說道：「嗅，是的。你不知道，坐在帳篷裡還裹著面紗有多累人，真會悶死人。」

「茶水帳篷裡一定也有點悶吧？」

「嗅，沒錯，是有點悶。不過，什麼也比不上喝杯茶，你說是不是？」

「夫人，剛才你在找東西，是不是？是不是這個呢？」他伸出一手，拿出那個金質的小飾物。

「我……嗅，是的。嗅，謝謝你，白羅先生。你是在哪裡找到的？」

「就在這裡的地上，那邊的縫隙裡。」

「我一定是不知道什麼時候掉在這裡的。」

「是昨天吧？」

「嗅，不，不是昨天，是昨天以前。」

「可是，夫人，我真的記得，你在為我算命的時候，我在你手腕上還看到這個特別的小玩意兒。」

誰也比不上白羅睜眼說瞎話的本事。他說得自信十足，莎莉・萊格面對著這樣的自信，不禁垂下眼瞼。

「我記不清楚了，」她說，「今天早上我才發現它丟了。」

「那麼，」白羅以殷勤的語氣說道，「我很高興將它物歸原主。」

她神經質地將那個小飾物在手指間轉來轉去，接著站起身。

「那就謝謝你了，白羅先生，非常謝謝。」她說。她的呼吸變得起伏不定，眼眸裡充滿緊張。

她匆匆走出福殿。白羅靠在椅子上，緩緩點了點頭。

不，他自言自語道，不，昨天下午你並沒有去茶水帳篷。你並不是因為想喝茶才急於知道四點到了沒有。昨天下午你來這裡，來到福殿，而這裡正位於前往船屋的半途上。你來這裡是為了和某人約會。

他又聽到有腳步聲走近。這回是一陣快速而不耐的腳步聲。白羅帶著期盼的微笑對自己說：「不管來人是誰，他大概就是萊格太太約在這裡見面的人。」

可是，當亞歷克・萊格繞過福殿的轉角出現時，白羅不禁喊出聲來。

「又錯了。」

「呃？你說什麼？」亞歷克・萊格露出驚訝的神色。

「我說，」白羅解釋道，「我又錯了。我這人不常出錯，」他說，「所以我很氣惱。我想見到的人不是你。」

「那你想見誰呢？」亞歷克．萊格問。

白羅立即回答：「一個年輕人，可以說還是個孩子，他穿著一件海龜圖案的鮮豔襯衫。」

這句話的效果令他極為滿意。亞歷克．萊格邁前一步，結結巴巴說道：「你怎麼會知道？你怎麼會……你這話是什麼意思？」

「我會通靈。」赫丘勒．白羅說完，閉上了雙眼。

亞歷克．萊格又往前邁出幾步。白羅察覺到，他面前站著的人已經怒火中燒。

「你在講什麼鬼話？」他問。

「我想，」白羅說，「你那位朋友已經回青年招待所去了。如果你想見他，你得到那裡去找他。」

「這樣啊，」亞歷克．萊格喃喃說道，他在石椅的另一端頹然坐下。「這麼說，原來你來這裡是為了這個？你根本就不是來頒獎的，我早該知道。」他轉向白羅，面容憔悴，愁眉不展。「我知道這件事別人會怎麼想，」他說，「我知道對這整件事別人會怎麼想，但它真的不是你想的那樣。我被人騙了。我告訴你，你一旦落入這些人的手掌心，要擺脫可沒那麼容易。而我想要擺脫他們，這是重點，我想要擺脫他們。你知道，狗急會跳牆。有時候你會想孤注一擲，不顧一切。你覺得自己像是落入圈套的老鼠般動彈不得，卻又無計可施。唉，算了，談這些有什麼用！我想，你希望知道的，你現在都知道了吧？你已經拿到證據了。」

他站起身，腳下顛了顛，彷彿連路也看不清楚，接著頭也不回地奮力跑走了。

剩下赫丘勒．白羅留在那裡，雙目圓睜，眉頭高挑。

「這就怪了，」他喃喃說道，「奇怪又有意思。我已經得到我需要的證據了嗎？是什麼證據呢？謀殺嗎？」

14

布蘭德警官端坐在赫茅斯警察局裡。心寬體胖、神態閒適的刑事組長鮑德溫坐在桌子對面。兩人之間的桌面上擺著一團黑漆漆、溼漉漉的東西。布蘭德警官用食指小心翼翼地戳了戳它。

「沒錯，是她的帽子，」他說，「雖然我不敢保證，但我很肯定這是她的帽子。她好像很喜歡這種樣式。這是她的女傭告訴我的。她有好幾頂這樣的帽子，一頂是粉紅色，一頂是紫褐色，不過昨天她戴的是黑色的。沒錯，就是它。你們是從河裡撈上來的？看來這和我們推想的差不多。」

「還不能確定。」鮑德溫說。「畢竟，」他又說，「她可能把帽子扔進河裡。」

「確實，」布蘭德說，「它可能是從船屋裡被扔下河的，也可能是從遊艇上。」

「那艘遊艇已經被扣住了，」鮑德溫說，「如果她人在遊艇上，不管是死是活，哪裡都跑不了。」

「今天他沒有上岸嗎？」

「沒有。他還在船上，一直坐在甲板躺椅上抽雪茄。」

布蘭德警官朝掛鐘瞄了一眼。

「快到上艇的時候了。」他說。

「你認為你找得到她嗎？」鮑德溫問。

「我不敢打包票，」布蘭德說，「你知道，我有種感覺，這人是個聰明的惡魔。」

他又戳戳那頂帽子，一時陷入沉思，片刻後說道：「屍體是怎麼處置的呢……如果她已經變成屍體的話。想過這問題沒有？」

「想過，」鮑德溫說，「今天上午我和奧特維談過，他以前是海岸警衛隊的，凡是和潮汐水流有關的事我總會找他當顧問。如果她真的被扔進黑姆河，算算那時間差不多正好退潮，而現在正是滿月，屍體一定漂得很快，想來她已經被沖進海裡了，而且海流會把她沖向康沃爾海岸。不過，屍體會不會在那裡甚至在任何地方浮起來，我們一點把握也沒有。我們這裡發生過幾樁溺斃事件，但從來就沒找到過屍體。屍體可能在這裡、在這個出事地點撞上岩石而破成碎片。話說回來，屍體也隨時可能漂上來。」

「如果不漂上來，那可就難辦了。」布蘭德說。

「你真的認為她被扔進河裡去了？」

「我想不出還有其他的可能，」布蘭德警官抑鬱地說，「你知道，汽車上和火車裡我們都查遍了。這個地方只有一條出路，而且她穿著一身惹人注目的衣服，也沒帶走其他衣物，所以依我的看法，她根本就沒有離開納塞莊園。她的屍體不是在海底，就是藏在莊園裡某個地方。」

他神色凝重地繼續說道：「我現在想知道的是動機。當然，還有屍體的下落。」他想了想，又說：「除非找到屍體，否則不可能有進展。」

「另外那個女孩是怎麼回事？」

「她看到了謀殺過程……或是看到了什麼東西。真相遲早會水落石出，但並不容易。」

這回輪到鮑德溫抬頭看鐘了。

「該出發了。」他說。

在希望號的甲板上，兩位警官受到德蘇沙極其熱忱的接待。他請他們喝飲料，他們謝絕了，接著他又對他們的行動有禮貌地表示興趣。

「關於那女孩的命案，兩位的調查有進展嗎？」

「有進展。」布蘭德警官告訴他。

警長接過話頭，巧妙地挑明了來訪的目的。

「你們打算搜查希望號？」德蘇沙似乎並不惱火，反而覺得很有意思。「可是為什麼呢？你們以為我藏匿了凶手，還是你們認為我就是殺人犯？」

「德蘇沙先生，你了解，這是必要的程序。這是搜查證……」

德蘇沙揚起手。

「我很盼望和諸位合作，渴望之至！我們不妨就像朋友一樣辦這件事吧。你們想搜哪裡就搜哪裡。啊，也許你們以為我把表妹史達柏夫人帶到這裡來了？你們以為她從丈夫身邊逃跑，躲到我這裡來了？沒關係，請搜吧，各位，請盡量搜。」

搜查正式開始。這是一次非常徹底的搜查。最後兩位警官竭力掩飾著自己的懊惱，向德蘇沙告別。

「你們什麼也沒發現嗎？真令人失望。不過我早就告訴過兩位了。現在，兩位要不要用些茶點呢？」

他陪兩人走到他們那艘並排停泊的船上。

「我……」他問，「我可以離開了嗎？你們知道，我待在這裡已經有些膩了。天氣很好，我很想動身到普利茅斯去。」

「德蘇沙先生，能不能請你留到驗屍審訊之後——審訊明天就開始——以免萬一驗屍官有什麼問題想請問你。」

「噢，當然可以。我願意盡全力配合。但那之後呢？」

「在那之後，德蘇沙先生，」鮑德溫警長板著臉說，「你愛去哪就去哪。」

汽船離開遊艇之際，他們向德蘇沙投去最後一瞥，只見他面帶笑容，低頭望著腳下。

§

驗屍審訊進行得味同嚼蠟，簡直令人痛苦。除了醫學證據和身分證明之外，能夠滿足旁聽者好奇心的東西少得可憐。有人請求中止審訊，獲得了准許。整個程序純粹是一場形式。

然而，審訊之後所發生的事就沒那麼刻板了。布蘭德警官登上著名的遊輪「德文美女號」，乘船消磨了一下午。這艘遊河船大約在三點離開布里克韋，繞過岬角，沿著海岸駛入黑姆河口，接著溯流而上。船上除了布蘭德警官外，約莫還有兩百三十名遊客。他坐在船的右舷，瀏覽著林木蔥鬱的河岸。他們拐過一道河彎，從胡丹園那座孤零零的灰瓦頂船屋前面駛過。布蘭德警官悄悄看看自己的手錶，時間正好是四點一刻。現在，他們就要接近納塞莊園的船屋。它小小的平台和碼頭，遠遠隱沒在一簇樹叢裡。表面看來，船屋裡似乎空無一人，而布蘭德警官知道，裡面是有人的。霍斯金警士奉命在那裡待守。

離船屋台階不遠之處，停泊著一艘汽艇。艇上有個男人和一個一身度假裝束的女孩。他們看似在縱情嬉鬧；女孩尖叫著，而那男人作勢要將她從艇上推到水裡去。這時候，一個洪亮的聲音從擴音器裡傳出。

「各位旅客，」那聲音有如雷鳴。「我們就要在著名的吉徹姆村登岸，在那裡我們會停留四十五分鐘，各位可以喝點蟹茶或龍蝦茶，品嘗德文郡的奶油點心。在各位的右方是納塞莊園，再過兩三分鐘，各位會經過納塞大宅，但只能透過樹林望見它。它原本是傑維斯・福立亞爵士的家，他是弗朗西斯・德雷克爵士同時代的人，兩人曾一同航行美洲；現在則是喬治・史達柏爵士的產業。各位的左方是著名的古斯艾克岩。先生女士，這地方有個習俗，就是你可以在落潮的時候把你潑辣的太太浸在水裡，直到潮水上漲，淹沒她們的脖子為止。」

「德文美女號」上的人都懷著莫大的興致注視著古斯艾克岩。大家紛紛開著玩笑，一時之間尖叫和哄笑聲此起彼落。

就在船上一片喧鬧之際，汽艇上的某個遊客突然用力一扭，把女朋友推下水去。然後他俯身拉住身體在水中的她，邊大笑邊說：「不行，除非你答應我守規矩，我才拉你上來。」

而誰也沒注意到這一幕，除了布蘭德警官。遊客們只顧著聽擴音器的介紹，注視著終於從樹叢中閃現的納塞大宅，並興致盎然地凝望古斯艾克岩。

最後那遊客放開那女孩，她頓時沒入水中。但不旋踵她又出現在汽艇的另一側。她向汽艇游過去，以一種訓練有素的技巧，翻上了艇舷。女警愛麗絲・瓊斯是個游泳高手。

布蘭德警官隨同兩百三十來位旅客在吉徹姆上了岸，享用了一份龍蝦茶點、德文郡的奶油點心和烤餅。他邊吃邊想：「這麼說，這是可能做到的，而且沒人會注意到！」

§

就在布蘭德警官在黑姆河上做實驗的同時，赫丘勒・白羅也在納塞莊園草坪上的一座帳篷裡做他的實驗。事實上，那是朱萊卡夫人的算命帳篷。其他的帳篷和攤子都已拆除，唯獨這個帳篷應白羅要求被留了下來。

他走進帳篷，拉上帷帳，走到帳篷深處。他靈巧地將帳篷後背的垂幔解開，人溜出帳外後將垂幔重新繫好，接著跳進帳篷背面緊挨著的杜鵑花叢之中。他在灌木叢中穿梭，不久走到一個小木屋前。這棟小屋算是避暑專用，現在門是緊閉著的。白羅打開門，走進屋內。

屋裡非常陰暗，這是因為多年前在它周遭栽種的那批杜鵑花已長得十分茂密，中間只能透進極少的亮光。屋裡有個箱子，裡頭裝著槌球和一些年久生鏽的槌球用鐵圈，另外還有一兩根斷了的曲棍球棒、無數的小蜈蚣和蜘蛛。地面的塵埃上有個不規則的圓形痕跡。白羅對著那痕跡端詳良久。他屈膝跪下，從口袋裡掏出一把小卷尺，仔細丈量了它的尺寸，接著滿意地點了點頭。

他悄悄走出小屋，隨手把門帶上。接著他在杜鵑花叢裡曲折前行，順著它登上了小山丘的頂端。片刻後他走出杜鵑花叢，來到那條通往福殿的小路，順著它往下走到船屋。

這回他沒去福殿，而是逕自沿著崎嶇的小路來到船屋。他拿出帶在身上的鑰匙開了門，走進船屋。

除了屍體和裝著杯碟的托盤已被挪走之外，這裡的一切都和他記憶中的一樣。警方已將船屋中的物件一一記錄下來，還照了相。他走到那張放著一堆漫畫的桌子旁邊。他翻著那些書，看著瑪琳死前在上面寫的塗鴉，表情和布蘭德警官沒有兩樣。「傑基和蘇姍·布朗有染。」「彼得看電影捏女生大腿。」「喬治·波吉在樹林裡親吻自助旅行的人。」「比迪·福克斯喜歡男生。」「艾伯特和多琳約會。」

他發現，這些青澀的少女情懷其實有它可悲的一面。他想起瑪琳那張平凡而滿是雀斑的臉。他懷疑男孩子會在看電影的時候捏瑪琳的大腿。瑪琳氣餒之餘，於是偷窺同齡青少年的舉動，藉以得到一些補償性的刺激。她偷窺別人，到處打探，結果看到一些事，一些她不該看到的事。這些事多半無關緊要，但是不是真有那麼一次，她看到了很重要的東西？雖然她自己絲毫沒有察覺到它的重要性。

這完全是假設，白羅搖搖頭，表示懷疑。他將那疊漫畫整整齊齊放回桌面……他對於整潔的熱情向來是不曾斷絕。這時候，他突然感覺到，有個東西不見了。這裡少了某樣東西……是什麼呢？一樣本來放在那裡的東西，某個東西……隨著這種隱隱約約的印象逐漸消逝，他搖了搖頭。

他慢步走出船屋，怏怏不樂，自責不已。他白羅應人之邀到這裡來阻止一場謀殺，可是他失敗了。謀殺案終究發生了。更丟臉的是，即使是現在，他對事實真相依然漫無頭緒，真是有失顏面。明天，他就要帶著挫敗回倫敦去。他的自尊受到了嚴重的傷害，連八字鬍都變得垂頭喪氣。

15

兩個星期後，布蘭德警官和該郡的警察局長進行了一次冗長又令人失望的會談。梅羅爾少校有著一對暴躁的濃眉，長相活像一隻發怒的獵犬。可是他的手下都很喜歡他，也很尊重他的判斷能力。

「你瞧瞧，」梅羅爾少校說，「我們到現在可有什麼進展？簡直是一籌莫展。那個叫德蘇沙的傢伙怎麼樣了呢？我們完全找不出他和那個女童軍有任何關聯。但如果史達柏夫人的屍體找到了，那麼情況就不同了，」他眉頭緊鎖，兩眼瞪著布蘭德。「你認為她死了，是不是？」

「你的想法呢，長官？」

「噢，我同意你的看法。不然我們早該找到她的下落了。除非她事前做了極為周密的計畫，不過我看不出有這樣的跡象。你知道，她身無分文。關於財務方面，我們全都調查清楚了。錢都在喬治爵士手上。他在給她零用錢方面出手極為大方，可是她自己一毛錢也沒有。此外，她也不像是另有情人，既無這樣的流言，也沒聽過這樣的八卦……提醒你，在鄉下若有這種事，絕對免不了別人的閒言閒語。」

他在地板上踱起方步。

「顯然，我們對內情並不清楚。我們推想，德蘇沙出於某種不為人知的理由害死了他的表妹。最有可能的情況是：他約她在船屋碰面，然後把她帶上汽艇，將她推入水中。你們不是實驗過，認為這是有可能的？」

「老天，長官！只要是假日期間，無論在河上或海邊，你想把整船的人全淹死都辦得到。根本沒人會注意。所有的人都只顧著大聲尖叫、打打鬧鬧。不過，有件事德蘇沙並不知道，那就是，待在船屋裡的那個女孩因為無所事事、百般無聊，而十之八九會站在窗邊向外張望。」

「霍斯金也在窗邊向外張望過，他看到你們在河上演出的那一幕，你沒看到他嗎？」

「報告長官，沒有。除非他走到平台上，暴露出自己的身影，要不然你絕不會想到船屋裡有人……」

「那女孩也許真走到平台上來了。德蘇沙發現她看到了他的所作所為，於是上岸去套她，藉故攀問她在那裡做什麼，要她讓他進船屋去。她告訴他，她很高興能在破案遊戲中扮演這個角色，而他開玩笑似地把繩子往她脖子上一套，就這樣，咻……」梅羅爾少校做了個盡在不言中的手勢。「就是這樣！只是，布蘭德，就算事情是這樣，那也純粹是推測，我們什麼證據也沒有，也沒找到屍體。要是我們把德蘇沙扣留在這裡，勢必會招來一大堆抨擊。我們必須讓他走。」

「他打算離開了嗎，局長？」

「他的遊艇還要在這裡停留一個星期，接著就要開回他的島嶼去。」

「這麼說，我們的時間不多。」布蘭德警官愁眉苦臉地說道。

「我想，應該還有其他可能性吧？」

「啊，是的，局長，還有好幾種可能性。我仍然認為她極有可能是被某個深知破案遊戲內容的人殺害的。有兩個人我們可以完全排除在外，那就是喬治・史達柏爵士和沃伯頓上尉。他們整個下午都在草坪上照看園遊會的各種表演，這一點很多人都可以證明。馬斯頓夫人也一樣……如果她也算是嫌疑犯的話。」

「沒人可以例外，」梅羅爾少校說，「她一直打電話來向我要警犬。要是在偵探小說當中，」他若有所思地加上幾句：「她就會是那個犯案的凶手。但要命的是，我從小就認識康妮・馬斯頓，真的不認為她會勒死女童軍或是殺害神祕的異國美女。好吧，其他還有誰？」

「還有奧利薇夫人，」布蘭德說，「破案遊戲就是她設計的。她十分孤僻，那天下午有好長一段時間完全不知去向。還有亞歷克・萊格先生。」

「就是住在粉紅色小屋的那個傢伙，是嗎？」

「是的。他很早就離開了園遊會，或者說，沒人看到他在場。他說他玩膩了，所以回他的小屋去了。可是在碼頭看船又在停車場幫忙的老頭默德爾說，亞歷克・萊格大概是五點鐘左右才經過他那裡回去住所的，不會比這更早。如此一來，他大約有一個鐘頭的時間沒有交代。他當然說默德爾沒有時間概念，所以弄錯了時間。再怎麼說，那老頭都有九十二歲了。」

「真令人失望，」少校說，「他可有犯案動機或是任何關聯？」

「他可能和史達柏夫人有婚外情，」布蘭德說得很猶豫。「她威脅他要告訴他的妻子，所以他殺了她，而那女孩看見了……」

「而且他把史達柏夫人的屍體埋藏在不知什麼地方？」

「是的。可惜我不知道埋藏屍體的經過或地點，要是我知道，那真要謝天謝地了。我的手下把六十五英畝的地全搜遍了，沒有一處有動過土的痕跡。而且，每一棵樹的根大概都被我們挖過了。話說回來，如果他真的用了什麼方法把屍體藏起來，他仍可把她的帽子扔進河裡，製造假象。是不是瑪琳・塔克看到他這麼做，所以惹來了殺身之禍呢？案情推論到這裡總是會回到同一點。」布蘭德警官頓了頓，接著又說：「當然，還有萊格太太……」

「關於她，我們有些什麼線索？」

「四點到四點半之間，她說她在茶水帳篷裡，可是其實不在。」布蘭德警官慢條斯理說道，「我在跟她和福立亞太太談過之後，就發現了這個疑點。證據顯示福立亞太太的說法比較正確。這是非常重要、關鍵的半小時。」他又頓了頓。「再來就是麥克・韋曼這位年輕的建築師。從任何角度看，都很難說他跟此案有什麼牽連，不過，他就是那種我稱為『極有可能的殺人犯』……一個妄自尊大、神經兮兮的年輕人。這種人會殺死任何人，而且臉不紅心不跳。如果說他有神經病，我不會覺得奇怪。」

「你真是令人肅然起敬，布蘭德，」梅羅爾少校說，「他對自己的行蹤有什麼解釋呢？」

「非常含糊，組長。真的是非常含糊。」

「這就證明他是一個真正的建築師。」梅羅爾頗有感慨地說。他最近才在海濱蓋了一棟房子。「那些人總是含糊其辭，有時候我真納悶他們到底是不是神志清醒。」

「他對他那天下午的行蹤交代不清，而且好像沒人看見過他。這裡有些證據，證明史達柏夫人對他青睞有加。」

「我想，你是在暗示這案子是情殺？」

「我只是在綜合我能找到的線索，長官。」布蘭德警官很有尊嚴地說道，「還有布魯威小姐……」

他頓住沒再說下去，是個很長的停頓。

「是那個祕書，對吧？」

「是的，長官，她是非常能幹的女人。」

他又頓住不說了。梅羅爾少校銳利的眼神打量著自己的屬下。

「你心裡對她已經有了定見，對吧？」他說。

「是的，我對她已有定見，長官。你知道，她很乾脆地承認，在凶案發生的時間內，她人就在船屋裡。」

「如果她是凶手，她會這樣承認嗎？」

「可能會，」布蘭德警官緩緩說道，「事實上，她這麼做是上上之策。你知道，如果她端著一盤蛋糕和果汁，逢人就說是為船屋的女孩送去的，那麼她到那裡去就理由正當了。她去了船屋後回來，說女孩那時候還活著。我們也相信她的話。可是，長官，如果你還記得，或是再看看醫學證明，庫克大夫認定死亡時間是在四點到四點四十五分之間，而我們之所以相信瑪琳在四點一刻的時候還活著，完全是憑布魯威小姐一個人的說詞。她的證詞有個疑點。她對我說，是史達柏夫人要她送蛋糕和果汁給瑪琳的，然而另一個證人卻言之鑿鑿，說史達柏夫人絕不會想到這種事。你知道，我認為這話說得對，這不像是史達柏夫人的作風。史達柏夫人是個只顧裝扮自己的白癡美人，她好像從來沒有自己點過菜，對操持家務也毫無興趣，除了關心自己漂不漂亮，從來就沒在意過別人。我愈想愈覺得她不可能要布魯威小姐送東西給那個女童軍吃。」

「你知道，布蘭德，」梅羅爾說，「你已經看出一些頭緒了。可是她的動機是什麼呢？」

「她是沒有動機要殺死那女孩，」布蘭德說，「但是，你知道，我認為她有殺害史達柏夫人的動機。根據白羅先生的說法——我向你提過他——她一片癡情地愛著她的老闆。可不可能她尾隨著史達柏夫人走進樹林殺死了她，而瑪琳．塔克在船屋裡待膩了走到屋外，恰巧看到了呢？那她當然也得殺了瑪琳。下一步她會怎麼做呢？將那女孩的屍體放回船屋，回到大宅拿起托盤，接著再跑一趟船屋。如此一來，她不但有了離開園遊會的遁詞，也提供我們她的證詞，而且似乎是唯一可靠的證詞，亦即：四點一刻的時候，瑪琳．塔克還活著。」

「好吧，」梅羅爾少校邊嘆氣邊說，「布蘭德，繼續追下去，繼續追下去。如果是她下的手，你認為她會如何處理史達柏夫人的屍體呢？」

「藏在樹林裡、埋起來，或是扔進河裡。」

「最後一種方式十分不容易，不是嗎？」

「那要看謀殺地點在哪裡，」警官說，「她是個高大的女人。如果犯案地點離船屋不遠，她就能把她扛到那裡，再從碼頭邊扔下去。」

「就在黑姆河上往來遊輪的眾目睽睽之下？」

「大家看到了，也會以為那只是另一場惡作劇。這很冒險，但有可能。不過依我看，她把屍體藏匿在某個地方，而另把帽子扔進黑姆河的可能性更大。你知道，她對宅邸和整個莊園非常熟悉，大有可能知道什麼地方可以藏匿屍體。她也可能後來又設法將屍體丟進河裡。誰知道呢？當然，這是假定她是犯案凶手的話。」布蘭德警官想了想，又補充道：「不過，長官，我其實還是認為德蘇沙是……」

梅羅爾少校一直在筆記本上做摘要，這時他抬起頭，清清嗓子。

「那麼，結論就是這樣。我們可以總結如下：我們有五、六個可能殺害瑪琳．塔克的嫌疑犯。有些可能性大，有些可能性小，但至少都是我們可以著手調查的範圍。大體說來，我們知道她遇害的原因。她之所以被殺，是因為看到了某些事情。可是除非我們確切知道她看到了什麼，否則我們不可能知道是誰殺了她。」

「長官，照你這種說法，事情好像變得有點複雜。」

「噢，本來就複雜。不過，我們會查個水落石出，這是遲早的問題。」

「只怕到時候那傢伙已經離開英國，而且暗中嗤笑……殺了兩個人還能全身而退。」

「你認定凶手就是他，對吧？我不是說你錯了，但儘管如此……」

組長沉吟片刻，接著聳聳肩說道：「這總比碰到一個心理變態的殺人凶手要好，否則現在我們手上大概已經接到第三起命案了。」

「俗語說，有二必有三。」警官說，一臉的憂心。

第二天早上，當他聽到老默德爾死去的消息時，他把這句話又說了一遍。老默德爾一定是因為到對岸吉徹姆村那家他最愛去的酒館裡喝了爛醉，所以回程踏上碼頭的時候摔進了河裡。有人發現他的船在水上漂流，當天晚上，老人的屍體也找到了。

驗屍審訊很簡短。那天晚上烏雲密布，漆黑一片，老默德爾喝了三品脫的啤酒，再說，他畢竟已經九十二歲高齡。

庭審的裁決是：意外死亡。

16

赫丘勒．白羅坐在他倫敦家中那個方正房間裡的方形壁爐前的一張方椅上。他面前擺著幾樣東西，形狀不但不方正，反而奇形怪狀、扭曲得幾乎無可名狀。如果對其一一加以探究，神志健全的人絕對想不出這些東西有何作用。它們是如此怪異、隨心所欲，而又完全出人意表。當然，事實上它們絕非如此。

精確說來，每一樣東西在某個特定的宇宙中都有它特殊的位置。只要將它放在該宇宙的適當位置上，那麼它不但有了意義，還能拼組出一幅圖畫來。換句話說，赫丘勒．白羅正在玩拼圖。

他低頭看著那塊似乎永無可能拼出形狀來的長方形空白，發現這種消遣能讓他感到舒慰、愉快，將紊亂的心緒整出一個條理。他自忖，這種遊戲和他的職業有某種類似之處。身為偵探，他所面對的大半是眾多不可名狀、似是而非的事實，彼此之間看似毫無關聯，然而拼湊成整體之後，卻是各得其所。他的手指輕巧地拾起一塊看似難有關聯的深灰色圖塊，將它放到一抹藍天之中。他看出來了，這是一架飛機的一部分。

「沒錯，」白羅喃喃自語道，「非這麼做不可。這裡拼上一塊沒有把握的，那裡拼上一塊似乎難以對上的，再來一塊看似絕無可能但合情合理的；所有的圖塊都有它特定的位置，一旦拼對了位置，那就大功告成了！一切都會清清楚楚，像大家現在常說的，『一切將如照片般呈現』。」

他不斷拼組著，一塊接一塊。一小塊是清真寺的塔尖；一塊乍看像是條紋雨篷的一角，其實是一隻貓的背面；再一塊放上後，就補齊了已由金霞轉成粉紅的日落暮景，那有如威廉·特納[14]的畫作。

白羅心想，如果你知道自己在找什麼，那事情就非常容易，可是如果連自己都不知道要找什麼，那就會找錯方向、尋錯東西。他苦惱地嘆了口氣，眼神從面前的拼圖轉移到壁爐邊上的一張椅子。不到半小時前，布蘭德警官就坐在那裡喝著茶、吃著烤餅（方形的烤餅），愁容滿面地說著話。他因公到倫敦出差，公事辦完後就來拜訪白羅先生。他說，他不知道白羅先生對此案是否已有眉目，接著就將自己的看法說了一遍，而他每提一個觀點，白羅莫不點頭同意。白羅認為，布蘭德警官對本案的調查可說是非常公正，並無偏頗。

納塞莊園命案發生迄今已有月餘，幾乎快五個星期了，那也代表著五個星期的膠著和停滯。史達柏夫人的屍體依然杳無蹤影，而如果她還活著，也依然是下落不明。布蘭德警官指出，她還在人世的機率微乎其微。白羅同意他的看法。

「當然，」布蘭德說，「屍體很可能還沒被沖刷上岸。屍體一旦入了水，下場便難以預料。它還是可能會浮上來，只怕那時候已經面目全非，難以辨識了。」

「還有第三種可能性。」白羅指出。

布蘭德點點頭。

「沒錯，」他說，「我也想到過。事實上，我一直在思索這種可能性。你的意思是，屍體還在納塞莊園裡，只是藏在我們從未想到要去搜尋的地方。你知道，這有可能，完全有可能。那樣的一座古宅，如此廣闊的林地，一定有些意想不到的地方……外人恐怕作夢也想不到會有這些地方。」

他停頓片刻，若有所思，接著又開口說道：「前幾天我才剛去過一棟房宅。你知道，那家人在戰爭期間蓋過一個防空洞。那防空洞便在房宅圍牆外的花園裡，而就像一般自己裝修的工程一樣，它的結構很差。他們從防空洞修築了一條路，直通到屋內的地窖。戰爭結束後，防空洞坍塌了，於是他們就胡亂將它填成一堆，造成一座假山。現在如果你穿過花園，絕對想不到那地方曾經是個防空洞，下頭還有一個密室。外表上看，它徹頭徹尾就是一座假

14 威廉・特納（Joseph Mallord William Turner, 1775-1851），英國國寶級畫家，其畫風影響後來印象派甚鉅。

山，可是在地窖的一個酒架後頭，其實有一條通道通往那個防空洞。我的意思就是這樣。通往某些地方的祕徑，外人是不得而知的。我不認為所謂專門讓教士藏身的洞穴或這類的地方確實存在，你說呢？」

「恐怕不可能有……在那年頭不可能。」

「韋曼先生也是這樣說。他說，那棟宅子建造於一七九〇年左右。那時候的教士已經沒有必要把自己藏起來。儘管如此，建築物的結構可能有些地方改動過……這種事只有家族成員才會知道。你的意見呢，白羅先生？」

「沒錯，這有可能，」白羅說，「沒錯，這顯然是一種可能。如果你認為這是可能的，那麼下一個問題就是：誰知道箇中底細？我想，住在莊園裡的任何人都有可能知道吧？」

「是的。當然，這麼一來，德蘇沙就被排除在外了，」警官露出不滿的神色。德蘇沙依然是他心目中的頭號嫌疑犯。「一如你所說，長住在莊園裡的任何人，譬如傭人或某個家庭成員都有可能知道。至於在莊園裡小住的人知悉此事的可能性就小一些。而像萊格夫婦那樣的外地客，得知的可能性就更小了。」

「對這種事一清二楚，而且你一問就會告訴你的，只有福立亞太太一個。」白羅說。

他認為，福立亞太太對納塞莊園一定瞭如指掌。福立亞太太知道許多事情。她當時就知道海蒂．史達柏死了。在瑪琳和海蒂．史達柏死去之前，福立亞太太已經知道這是個非常邪惡的世界，這世界上有非常邪惡的人。苦惱的白羅心想，福立亞太太就是解開這整個謎團的鑰匙。可是他想，要這位老太太轉動這把鑰匙，可不是容易的事。

「我和這位老太太談過幾次，」警官說，「無論談什麼話題，她都非常和藹可親，而且對自己不能幫上忙顯得很過意不去。」

她到底是幫不上忙，還是不願幫忙？白羅思索著。

或許布蘭德也在想同樣的問題。

「有一種女人，」他說，「是你強迫不了的。威嚇、勸誘和哄騙對她們完全無效。」

確實，白羅想，你是強迫、勸誘或哄騙不了福立亞太太的。

警官喝完茶，咳聲嘆氣地告辭了。白羅取出他的拼圖，用以緩和自己愈來愈強烈的惱恨。他被激怒了，而且又惱又羞。奧利薇夫人請赫丘勒．白羅去破解一個謎團，她感到事有蹊蹺，而且是早有蹊蹺。她求助於赫丘勒．白羅，滿心期望他能阻止一件不測事件的發生，可是他沒達成任務；接著她又期望他能找出凶手，而他又沒找到。他墜入五里霧中，而霧中又時時閃現出令人迷惑的微光。他不只一次覺得自己看到了那道微光，卻又每每無法進一步追下去。對於須臾間彷彿已經領悟的東西，他掂不出它確實的輕重。

白羅站起身，走到壁爐另一頭，將第二張方椅重新擺成一個幾何角度，這才坐了下來。他放棄了以木塊和紙板組成的遊戲，轉而玩起有關謀殺謎團的拼圖。他從口袋裡掏出筆記本，以工整的小字寫道：「歐帝安．德蘇沙。阿曼達．布魯威。亞歷克．萊格。莎莉．萊格。麥克．韋曼。」

喬治爵士或吉姆·沃伯頓分身乏術，不可能親手去殺害瑪琳·塔克。而奧利薇夫人並非完全不可能，他因此將她的名字寫在稍後之處。他也將馬斯頓夫人的名字添加上去，因為根據他的記憶，四點到四點四十五分之間，他並沒有看見她留在草坪上。他又添上男管家亨頓的名字，這倒不是因為他真懷疑這個手拿銅鑼錘的黑髮藝術家，而是因為奧利薇夫人設計的破案遊戲中，有個陰險男管家的角色。他也記下「穿海龜花襯衫的男生」，還在後頭打了個問號。接著他露出微笑，搖搖頭，從上衣翻領取下一根飾針，閉起雙目，用那根針隨意一戳。他想，這也未嘗不是個辦法。

當他看到飾針戳在最後一個名字上時，他知道自己的煩惱不無道理。

「我真是低能，」赫丘勒·白羅說，「一個穿海龜花襯衫的男生和命案會有什麼關係呢？」

不過他也知道，自己把這個謎樣的人物列在嫌疑名單中一定有其道理。他又想起那天他坐在福殿中的情景，以及那年輕人看到他時臉上的驚訝表情。儘管那張臉青春帥氣，可是看著並不令人舒服。那是一張傲慢而冷酷的臉。這個年輕人去福殿是有目的的。他是去和某人會面，照理說，是個一般情況下他見不到或是不願見到的人。事實上，這是一次避人耳目的會面，一次作賊心虛的會面。難道它和謀殺案有關？

白羅的思路繼續往下走。這個年輕人寄宿在青年招待所，換句話說，這人在附近頂多只能住上兩夜。他是無意中到招待所去寄宿的嗎？他只是眾多到英國遊玩的青年學子，還是懷有特殊目的，要到那裡去見一個特定人物呢？園遊會當天是可能發生偶然的邂逅……搞不好已經發生了。

我知道的真不少，赫丘勒．白羅自言自語道，我手上已有好多塊拼圖，關於犯罪的性質我也依稀有了概念……可是，一定是我看問題的方法不對。

他將筆記本翻過一頁，提筆寫道：「是史達柏夫人吩咐布魯威小姐為瑪琳送去茶點的嗎？如果不是，為什麼布魯威小姐要這麼說？」

他開始思考這個問題。布魯威小姐自己很容易會想到要為那女孩送蛋糕和果汁去。但如果是這樣，她為什麼不直截了當說，而要謊稱是史達柏夫人叫她送去的？可不可能是布魯威小姐去了船屋後，發現瑪琳已死卻沒說？但除非犯案的就是布魯威小姐，否則這似乎絕無可能。這女人既不神經質，也不會胡亂想像。如果她發現那女孩已死，勢必會立刻報警吧？

他對著自己寫下的兩個問題瞪視良久。他總覺得字裡行間有個能揭發真相的關鍵線索，只是他一時沒有注意到。思索了四、五分鐘後，他又寫下幾行字。

歐帝安．德蘇沙聲稱，他在到達納塞莊園前三個星期就寫過信給他的表妹。此話究竟是真是假？

白羅幾乎可以斷定這是假話。他憶起那天早餐桌上的情景。喬治爵士或史達柏夫人完全沒有理由要假裝吃驚，尤其是後者，根本沒有理由要假裝害怕。他不明白這樣做有什麼目的。然而，就算是歐帝安．德蘇沙說謊吧，他有何理由要說謊呢？是為了製造某種印象，表示他已事先來信通知並且未受推拒嗎？或許是吧，但這個原因似乎又疑點重重。有沒有寫過或收到這樣的一封信，旁人是絕對找不出證據來的。德蘇沙這樣說是不是企圖表明自己的善意，好讓他的造訪看來自然而且為主人所期待？而喬治爵士雖然不認識他，但對他的接待確實夠友善。

白羅頓了頓，他的思路停滯在那裡。喬治爵士並不認識德蘇沙。他的太太雖然認識他，但沒有見到他。這其中會不會有什麼名堂？可不可能那天來到園遊會的歐帝安．德蘇沙其實並不是真的歐帝安．德蘇沙？他在心中反覆思索，但依然百思不得其解。如果來人並非德蘇沙，那他冒名而來有什麼目的呢？不管怎麼說，海蒂的死對德蘇沙一點好處也沒有。警方已經查出，海蒂除了丈夫給她的日常零用，自己一毛錢也沒有。

白羅竭力回想那天早上她對他說的話：「他很壞，專門做壞事。」而據布蘭德說，她對她的丈夫說過：「他會殺人。」

審視過所有的事實之後，這一點便顯得十分重要了……他會殺人。

德蘇沙來到納塞莊園的那天，確實有一個人——很可能是兩個人——被殺了。福立亞太太說過，對海蒂荒謬的言語大家不必認真看待。她說得如此肯定。福立亞太太……

赫丘勒．白羅蹙起眉頭，一手往椅子扶手上大聲一拍。

「轉來轉去，總會轉到福立亞太太身上。她是整個事情的關鍵。要是我知道她曉得些什麼就好了。我不能再坐在安樂椅上苦想了。不，我得搭火車再到德文郡跑一趟，去見福立亞太太。」

§

赫丘勒．白羅在納塞莊園的鍛鐵大門外佇立片刻，望著面前那條彎彎曲曲的車道。夏季已過，黃葉從枝頭飄然落下。近處，草色青青的堤岸被仙客來紫紅色的小花妝點上其他顏色。白羅讚嘆著，他不由自主地被納塞莊園的美景吸引住了。他並不特別喜歡大自然的原始之美；他喜歡修飾整潔的事物。但儘管如此，這寧靜的原野美景以及枝葉茂盛的灌木和樹林，仍令他油然心生讚嘆。

那棟附門廊的白色小屋就在他的左手邊。這天下午天氣很好，福立亞太太可能不在家，不是挽著工具籃修剪花草，就是到附近朋友家去串門子。她有很多朋友。這裡是她的家，多年來一直是她的家。渡口那老頭是怎麼說的？「納塞莊園永遠有福立亞家族的人。」

白羅輕輕叩了叩小屋的門。過了好一陣，他才聽到裡面傳來腳步聲。那腳步聲聽在他耳裡，顯得緩慢又遲疑。門開了，福立亞太太僵立在門口，那模樣令他大吃一驚。她看來衰老而虛弱。她不敢置信地瞪視他半晌，這才說道：「白羅先生，是你？」

一時之間，他彷彿看到恐懼蒙上她的眼眸，不過這可能只是他自己的想像。他彬彬有禮地說：「我可以進去嗎，夫人？」

「噢，當然可以。」

現在的她恢復鎮定，做了個請他進門的手勢，接著將他帶入小小的客廳。壁爐架上排放著精巧的切爾西小擺飾，幾張椅子上罩著小細點圖案的古雅椅墊，小桌上是一套德比茶具。

福立亞太太說：「我再去拿個杯子。」

白羅輕輕揚起手，表示不必麻煩，但她沒有理會。

「當然得請你喝點茶。」

她走出客廳。他再次環顧四周。桌上放著一方刺繡……是個小細點圖案的椅墊，上面還插著一根繡花針。靠牆的書櫥裡全是書。牆上掛著不少小幅畫作，還有一張裝在銀質相框裡的褪色照片。照片中是個身穿軍服、有著硬挺唇髭和瘦弱下巴的男人。

福立亞太太手上端著一只茶杯和托盤回到客廳。

白羅問：「夫人，那位可是福立亞先生？」

「是的。」

她發覺白羅的眼神依然在書櫥頂端掃瞄，彷彿想多找一些照片，於是突然說道：「我不喜歡照片，照片會讓人過度沉湎於往昔。一個人必須學會忘記，必須將枯枝剪掉。」

白羅想起來，他第一次見到福立亞太太時，她正在岸邊用修枝剪刀清理樹木。他記得她那時就說過一些關於枯枝的話。他若有所思地望著她，思索著她的性格。他想，這是個莫測高深的女人，儘管外表溫和柔弱，但未嘗沒有冷酷無情的一面。這女人不但能為樹木剪去枯枝，也能從她自己的生活中剪去贅累……

她坐下倒了一杯茶，問他：「要牛奶嗎？加不加糖？」

「麻煩您給我三塊方糖，夫人。」

她將茶杯遞給他，閒話家常似地說道：「見到你，我感到相當驚訝，怎麼也沒想到你還會路過這兒。」

「我其實並非路過。」

「不是嗎？」她輕挑眉頭，口裡問道。

「我是專程到這裡來的。」

她依舊以疑問的眼神望著他。

「我來此地，原因之一是來拜望你，夫人。」

「真的？」

「首先……史達柏夫人有沒有什麼消息？」

老太太搖搖頭。

「有一天，一具屍體被沖上了康沃爾，」她說，「喬治跑了一趟，想去認認屍。不過那不是她。」她接著又說：「我真替喬治難過。這是個很大的打擊。」

「他依然相信他的妻子還活著？」

福立亞太太緩緩搖搖頭。

「我想，」她說，「他已經不抱希望了。再怎麼說，如果海蒂還活著，就憑媒體和警方這樣全力尋找，她不可能藏匿到今天。而就算發生了喪失記憶力的事，唉，現在警察也該找到她了吧？」

「沒錯，看來是這樣，」白羅說，「警方還在找她嗎？」

「我想是吧，我不太清楚。」

「可是，喬治爵士已經放棄希望了？」

「他並沒有這麼說，」福立亞太太說，「當然，最近我也沒有見到他。他大半時間都在倫敦。」

「那個被殺的女孩呢？有什麼進展嗎？」

「據我了解是沒有。」她又說，「這命案似乎毫無道理，完全沒道理。可憐的孩子……」

「夫人，我看得出來，你一想到她還是會覺得難過。」

福立亞太太沒有答話，半晌才說道：「我想，人到了風燭殘年，任何年輕人的死亡都會令他感到格外難過。我們老年人是在等死，可是那孩子的人生還那麼長。」

「她的人生或許不會很圓滿。」

「也許從我們的觀點來看並不圓滿，但對她來說可能圓滿得很。」

「如你所說，我們老年人是在等死，」白羅說，「但我們並不真的想死。至少我不想，我覺得活著還是很有意思。」

「我不覺得很有意思。」

與其說她在對他說話，不如說是自言自語，而她的肩頭也垂得更低了。

「我太累了，白羅先生。當我的大限來到，我不但會做好準備，而且還會感激不盡。」

他迅速瞄她一眼，心頭泛起一個疑問——他先前也曾這麼懷疑過——坐在那裡對他說著話的這個女人，是不是已重病在身，知道甚或早已確定自己來日無多呢？如若不然，他想不出如何解釋她的極度倦怠和無力感。他覺得，無力感並非這女人的特質。他認為艾蜜．福立亞是個有個性、有活力、有決斷力的女人。她飽經滄桑，失去了家園、財富，連兩個兒子都命喪黃泉。他覺得這一切她都熬過來了，一如她自己所形容的，她已把「枯枝」剪去。可是顯然在目前的生活中，卻有某樣東西她既無法自行割裂，別人也無法替她剪斷。如果不是身體有病，他想不出何以如此。她突然微微一笑，彷彿看穿了他的心思。

「你知道，我活著並沒有多大意思，白羅先生，」她說，「我有很多朋友，可是一個近親都沒有，我沒有家人。」

「你還是有家……」白羅脫口而出。

「你是說納塞莊園？沒錯……」

「雖然法律上它是喬治．史達柏爵士的產業，但它是你的家，不是嗎？現在史達柏爵士到倫敦去了，還是你在替他照管著。」

他再次在她的目光中看到極度的驚恐。而當她再度開口時，語氣極其冰冷。

「我不大明白你的意思，白羅先生。我很感謝喬治爵士把這棟小屋子租給我，它是我『租』來的。為了能夠住在這個小屋並自由進出莊園，我每年付一次租金。」

白羅兩手一攤。

「很抱歉，夫人，我不是有意冒犯你。」

「那一定是我錯怪你了。」福立亞太太的口氣依然冰冷。

「這是個美麗的地方，」白羅說，「一棟美麗的宅邸，美麗的莊園，四周充滿了寧靜安詳。」

「沒錯，」她的臉色開朗了些。「我們時時刻刻都擁抱這種感受。我初到此地就感受到這種寧靜安詳，興奮得像個孩子。」

「可是，夫人，它現在依舊寧靜安詳嗎？」

「為什麼不是？」

「因為命案尚未昭雪，」白羅說，「無辜的鮮血在流淌。它的陰影一日不消散，這裡就一日不得安寧。」他又說：「夫人，我想你和我一樣，對這一點心知肚明。」

福立亞太太沒有回答。她動都不動，也不說話。她一語不發地坐著，白羅不知道她心裡在想什麼。

他身子微微前傾，再度開口說道：「夫人，你了解很多事情……也許這件命案的來龍去脈你都清楚。你知道是誰殺了那女孩，也知道那人行凶的動機。你知道是誰殺了海蒂．史達柏，而你也可能知道她屍體流落何方。」

這時福立亞太太開口了。她的聲音很大，幾乎震人耳鼓。

「我什麼都不知道！」她說，「什麼都不知道！」

「或許是我用詞不當。夫人，你是不知道，但我想你猜得到。我很肯定，你猜想得到。」

「你簡直是——請原諒——荒唐！」

「這並非荒唐，它和荒唐截然不同，這是危險。」

「危險？對誰有危險？」

「對你，夫人。只要你心中懷藏這個祕密，那你的生命就有危險。夫人，我比你了解殺人犯。」

「我已經告訴過你，我一無所知。」

「那麼，你懷疑……」

「我也一無懷疑。」

「請原諒我這麼說，你並沒有說實話，夫人。」

「僅僅有所懷疑就說出口是不對的、是邪惡的。」

白羅身子再度前傾。

「和一個多月前發生的事同樣邪惡嗎？」

她往後靠倒在椅子上，縮成一團，以幾乎是耳語的聲音說道：「別跟我提這個。」接著她戰慄地長嘆一聲，又說：「無論如何，事情已經過去了，完了，結束了。」

「夫人，你怎能如此肯定呢？殺人凶手永無停手的那一天。」

她搖搖頭。

「不，不，已經結束了。而且，不管怎麼說，我都無能為力，完全無能為力。」

他站起身，低頭望著她。

她以幾乎是發脾氣的口吻說：「連警察都放棄追查了。」

白羅搖搖頭。

「哦，沒有，夫人，你錯了，警察並沒有放棄追查。而我，」他加上一句：「也不會放棄。請記住這句話，夫人，我赫丘勒·白羅不會放棄。」

這是一句非常具有白羅本色的告別語。

17

離開納塞莊園後，白羅來到村子。經過一番打聽，找到了塔克家的農舍。他敲了半天門沒人來應；塔克太太的尖嗓門從屋裡傳來，把敲門聲給淹沒了。

「你是怎麼回事，吉姆．塔克？看你那雙靴子把我這塊漂亮的亞麻地毯弄成什麼樣子了？你是不是要我一句話說上一千遍？一整個早上我都在擦它，現在呢？你倒是睜眼瞧瞧。」

塔克先生只是喃喃說著什麼算是回應，無非是些安撫的話。

「你哪有理由忘性這麼大，都怪你發瘋似的急著收聽收音機裡的體育新聞。哼，把靴子脫下來又用不了兩分鐘！還有你，蓋瑞，小心你的棒棒糖好不好？你那黏乎乎的手指頭不可以去碰我那個上好的銀茶壺。瑪瑞琳，門口有人來了。瞧瞧是誰去。」

大門小心翼翼地打開了，一個約莫十一、二歲的小孩伸出頭來，狐疑的眼神瞅著白羅，下顎的一邊被糖頂得鼓鼓的，是個胖嘟嘟的小女孩，有一對藍色的小眼，可愛得像隻小豬。

「媽，是一位先生。」她喊道。

塔克太太走到門口，那張氣得發紅的臉上披散著一綹綹的頭髮。

「什麼事？」她厲聲問道，「我們不需要……」她停住話頭，臉上露出一絲似曾相識的神情。「唉，讓我想想，那天我是不是看見你和警察在一起？」

「夫人，真抱歉，讓你勾起了痛苦的回憶。」

白羅口裡說著，一邊邁著堅定的步伐踏進大門。

塔克太太痛苦的眼神立刻掃過白羅的雙腳，可是白羅那雙尖頭漆皮鞋只走過大路，沒有在塔克太太擦得光鮮的亞麻地毯留下一點泥巴。

「您請進，先生。」

她邊說邊轉過身子，隨手推開她右手邊房間的門。

白羅被引進一間一塵不染的小客廳。空氣裡飄著亮光漆的氣味，裡頭擺著一大套黑橡木色的家具，一張圓桌，兩盆天竺葵，一副製作精巧的黃銅火爐圍欄，以及各種陶瓷擺飾。

「請坐，先生。我記不得您尊姓大名了。沒錯，我想我一直不知道您的大名。」

「我叫赫丘勒．白羅，」白羅立刻回答，「我人正好到附近，特地登門來悼慰。我也想問一問，事情是不是有了進展。我想，殺害你女兒的凶手已經找到了吧？」

「影子都沒有，」塔克太太說，口氣帶著憤恨。「您要是問我，我得說，這簡直是奇恥大辱。照我看，警察根本不管我們這種人家的死活。話說回來，警察又能怎麼樣呢？如果他們個個都像那個羅伯特・霍斯金，國內的罪案不層出不窮才怪。羅伯特・霍斯金只會把工夫花在停放於公共用地上的車子。」

這時塔克先生出現在門邊，他已脫下靴子，只穿著襪子走進客廳。他是個臉色紅潤的大漢，面上表情很溫和。

「警察沒什麼不對，」他啞著嗓子說道，「每個人都有他的難處。那些瘋子可不是那麼容易就可以找到。他們長得和你我沒兩樣……如果你懂我意思的話。」這最後一句話是直接對著白羅說的。

為白羅開門的小女孩溜到她父親的背後，另一個約莫八歲的男孩從她肩膀探出腦袋，兩人都懷著強烈的好奇心猛盯著白羅看。

「我想，這是你們的小女兒吧？」白羅說。

「她叫瑪瑞琳，」塔克太太說，「男孩叫蓋瑞。快過來問個好。蓋瑞，要有規矩。」

蓋瑞掉頭跑了。

「他怕羞。」他的母親說。

「你真好心，先生，」塔克先生說，「上門來問瑪琳的事。啊，這事真是太殘忍了。」

「我剛去見過福立亞太太，」白羅說，「這件事似乎也讓她感觸良深。」

「出事以後，她身體一直不好，」塔克太太說，「她上了年紀，事情又發生在她自己的莊園裡，這對她一定是個打擊。」

白羅再度感覺到，這裡的人似乎潛意識中仍認定納塞莊園是屬於福立亞太太的。

「她好像覺得她應該對這件事負責似的，」塔克太太說，「其實和她一點關係也沒有。」

「到底是什麼人建議要瑪琳扮演被害人呢？」白羅問。

「是那個倫敦來的女作家。」塔克太太立刻接口。

白羅柔聲說道：「可是她對這裡人生地不熟，根本不認識瑪琳。」

「負責指揮那些女孩子的是馬斯頓夫人，」塔克太太說，「我想，是馬斯頓夫人要瑪琳去演那個角色。我得說，瑪琳可是滿心歡喜。」

白羅想，他又走入死巷了。不過現在他終於可以體會奧利薇夫人當初把他召來的心情。有個人在暗中活動，企圖透過一些大家認識的人物來達到自己的目的。奧利薇夫人，馬斯頓夫人，她們不過是傀儡。他說：「塔克太太，我一直在想，瑪琳是不是以前就認識這個……呃，殺人狂？」

「她不可能認識這種人。」塔克太太凜然地說。

「啊，」白羅說，「不過一如塔克先生剛才所說，這些瘋子是很難察覺的。他們外表就和……呃，你我沒有兩樣。有人或許在園遊會上，或甚至之前就和瑪琳說過話，以一種完全無害的方式和她交上了朋友。恐怕還送過她禮物。」

「噢，不可能，先生，沒這種事。瑪琳不會拿陌生人的禮物。我對她的家教還不至於糟到這個地步。」

「不過她可能認為這沒什麼關係，」白羅並不放棄。「譬如說，送她東西的是個和藹可親的女人。」

「譬如說，像住在米爾小屋的那個萊格太太？」

「沒錯，」白羅說，「類似那樣的人。」

「她是送過瑪琳一支口紅，」塔克太太說，「把我給氣瘋了。我說，瑪琳，我不准你往臉上抹那鬼玩意兒。想想看，你爸爸會怎麼說？而她說，我可以像住在勞德溪旁的那個小姐一樣漂亮呢，這口紅就是她給的，她說這口紅很適合我。我說，唉，你千萬別聽那些倫敦闊太太的話。這些玩意兒對她們是適合不過，她們塗臉蛋、染睫毛，什麼都來。但你是個好女孩，我說，用肥皂和清水洗臉就好，要塗什麼等你長大再說。」

「我想，她並不同意你的看法吧。」白羅微笑著說。

「我說什麼，她就得做到。」塔克太太說。

胖嘟嘟的瑪瑞琳突然開心地咯咯笑。白羅銳利的眼神瞄了她一眼。

「萊格太太還送過瑪琳其他東西嗎？」他問。

「我想她給過她一塊頭巾，但是她已經不用了。那塊東西很花稍，不過質地不怎麼樣，我一眼就瞧出來了，」塔克太太邊點頭邊說，「我還是小姐的時候，在納塞莊園裡做過事。那年頭貴夫人穿用的都是正正經經的好布料。沒有那種花狸狐哨的東西，也沒有尼龍和人造絲，都是上好的真絲。像那種波紋綢絲綢料，不用燙就很挺了。」

「女孩子家總喜歡時髦的東西，」塔克先生寬容地說，「顏色鮮豔點我不反對，可是我不喜歡她抹口紅，看了就不舒服。」

「我管她是太嚴了點，」塔克太太說著，突然淚眼朦朧。「她死得好慘。我後來悔不當初，後悔自己以前說話那麼大聲。唉，近來好像都沒什麼好事，就只有麻煩和葬禮。就像俗語所說的，禍不單行。這話說得真對。」

「你們又碰上什麼不幸的事嗎？」白羅客氣地問。

「我的岳父，」塔克先生解釋，「一天半夜裡駕著船從三狗口擺渡過河，一定是登上碼頭的時候失了足，掉到河裡去了。當然，像他那個年紀，照理說就該乖乖待在家裡。話說回來，你也拿那老人家沒辦法。他就愛在碼頭附近亂逛。」

「我爸一向是個划船高手，」塔克太太說，「他早年就替福立亞先生看過船，那是很久很久以前了。不過，」她又狀甚輕鬆地說：「你也許會說，我爸的死並不是什麼大損失，他已經九十好幾了，人老就招人嫌，總是嘮嘮叨叨地瞎扯，也該是他老人家大去的時候了。只是，當然，我們還是慎重其事地葬了他……這兩回喪事花的錢可不少。」

談到金錢細節，白羅聽若罔聞，但一種似曾相識的記憶在他心中蠢蠢欲動。

「老人……在碼頭？我記得我跟他聊過天。他的名字是……」

「默德爾，先生，那是我娘家的姓。」

「如果我記得沒錯，你父親曾經當過納塞莊園的園丁領班？」

「不是，那是我大哥。我是家裡最小的一個，我們一家有十一口人。」她帶著自豪補充道，「多年來，納塞莊園總有默德爾家的人。不過，現在都離散了。我爸是最後一個。」

白羅輕聲說：「納塞莊園裡永遠有福立亞家族的人。」

「你說什麼，先生？」

「我說的是你的老父親在碼頭上曾經對我說的話。」

「噢，全是瞎扯，我爸就是這樣，老是要我大聲吼，他才肯閉上嘴。」

「這麼說，瑪琳是默德爾的外孫女，」白羅說，「是了，我開始明白怎麼回事了。」他沉默片刻，心頭洶湧著異常的興奮。「你說，你父親是掉進河裡淹死的？」

「沒錯，先生，他喝多了，我也不知道他哪裡弄來的錢。當然，他在碼頭上替人看船、停車，偶爾能夠拿到一點小費。他藏錢的本事可厲害了，我都找不到。沒錯，我想他喝太多了。我敢說，他是下船踏上碼頭時失了足，掉進河裡淹死了。他的屍體在隔天就沖上了赫茅斯。也許你會說這事不尋常，以前他從沒出過這種事。但他畢竟九十二歲了，兩眼又半瞎。」

「但這依然是事實……他以前從沒出過這種事。」

「唉，這種意外遲早會發生。」

「我懷疑，」白羅自忖。「這是不是意外。」

他站起身，輕聲說道：「我應該猜到的？早該猜到的，那孩子其實已經告訴了我……」

「您說什麼，先生？」

「沒什麼，」白羅說，「我要再次對令尊和令嬡的死獻上哀悼之意。」

和塔克夫妻握手道別後，他離開了農舍，自言自語道：「我真笨，太笨了！我把事情整個看反了。」

「嗨，先生……」

一聲小心翼翼的低呼傳來。白羅四下一望，那胖嘟嘟的小女孩瑪瑞琳正站在農舍牆外的陰影下。她做手勢要他走過來，接著低聲說道：「我媽有些事不知道，瑪琳的頭巾不是住在小屋裡的那個夫人送的。」

「那她是從哪裡拿的呢？」

「在托基買的。口紅也是，還有香水……叫作巴黎蝶螈，好好笑的名字。還有一罐粉底霜，是她在廣告上看到的。」瑪瑞琳咯咯笑。「媽媽都不知道。瑪琳把它藏在抽屜的最後面，冬天穿的內衣底下。去看電影的時候，她就在公車站的廁所打扮。」瑪瑞琳又咯咯笑起來。「我媽一直不知道。」

「你姐姐死了以後，你媽發現了這些東西嗎？」

瑪瑞琳搖搖一頭蓬鬆的長髮。

「沒有，」她說，「現在是我的了……放在我的抽屜裡。我媽不知道。」

白羅若有所思地望著她，一面說：「你這小孩好像很聰明，瑪瑞琳。」

瑪瑞琳含羞帶怯地咧著嘴笑。

「我的老師伯德小姐說，我上中學一點好處也沒有。」

「上不上中學不能決定一切，」白羅說，「告訴我，瑪琳怎麼會有錢去買那些東西？」

瑪瑞琳兩眼緊盯著排水管。

「我不知道。」她小聲說。

「我想你一定知道。」白羅說。

他毫不愧疚地從口袋裡掏出一枚二先令六便士的銀幣，接著又添上一枚。

「我相信，」他說。「市面上新出了一種顏色非常漂亮的口紅，叫作『深紅色之吻』。」

「好美的名字，」瑪瑞琳將手伸向那兩枚價值五先令的銀幣，說話聲音又急又低。「瑪琳會偷看別人，她看到一些事情……你知道是什麼樣的事。瑪琳答應不說出去，他們就送她禮物，明白了嗎？」

白羅鬆手將五先令的銀幣給了她。

「我明白了。」他說。

他朝瑪瑞琳點點頭，逕自走開。他又低聲說了一遍，但這回顯得意味深長。

「我明白了。」

現在，許多事已各就其位。雖然不是全部，雖然不是完全的真相大白，但至少他已找到正確的方向。這條路一向就是一目了然，要是當初他有足夠的智慧去領悟就好了。想想和奧利薇夫人的頭一次談話、麥克．韋曼幾句隨口而出的抱怨、碼頭上和老默德爾關鍵的交談、布魯威小姐那句發人深省的話，還有歐帝安．德蘇沙的來訪……

村子的郵局旁邊有個公用電話亭。他走進去，撥了個號碼。幾分鐘後，他就和布蘭德警官通上了話。

「噢，白羅先生，你現在人在哪裡？」

「我在納塞峽谷。」

「可是，你昨天下午還在倫敦呢。」

「搭乘火車到這裡，不出狀況的話只要三個半小時。」白羅說，「我有個問題要問你。」

「什麼問題？」

「歐帝安．德蘇沙的遊艇是什麼模樣？」

「白羅先生，我也許能猜出你這問題的用意，不過我可以向你保證，完全沒有這種事。它的構造不適合走私，你說的是這個意思吧？艇上沒有隱祕的夾層或密室，如果有，我們會發現。上面沒有能藏匿屍體的地方。」

「親愛的朋友，你會錯意了，我不是這個意思。我只想知道，遊艇是什麼尺寸，大型還是小型？」

「噢，是一艘非常高級的遊艇，一定價值不菲。所有的東西都新穎漂亮，油漆也煥然一新，陳設很豪華。」

「果然如此。」白羅說。

他的聲音聽起來非常愉快，布蘭德警官不由得感到驚訝。

「你有什麼發現呢，白羅先生？」他問。

「歐帝安．德蘇沙是個有錢人。」白羅說，「我的朋友，這一點非常重要。」

「為什麼？」布蘭德警官問。

「這和我最新的想法相符。」白羅說。

「這麼說，你已經有了頭緒？」

「沒錯，我終於有了頭緒。在這以前，我真是蠢透了。」

「你的意思是，我們大家都蠢透了。」

「不，」白羅說，「我是說我自己。來龍去脈明明擺在我面前，可是我竟然辜負這樣的好運氣沒看出來。」

「而你現在有把握了？」

「對，我想是的。」

「聽著，白羅先生……」

但白羅已掛了電話。他從口袋裡找出一些零錢，要求接通奧利薇夫人倫敦住所的電話。

「不過，」在要求接線之際，他匆匆補上一句：「如果這位女士正在工作，那就不必打擾她。」

他還記得，有一回他打斷了奧利薇夫人的創作靈感，被她罵得好慘，而那個引人入勝、以一件老式長袖羊毛背心為主題的神祕奇案也就此難產，胎死腹中。但是接線生無法體諒他的苦衷。

「唉，」接線生問，「您到底要不要找她本人接電話？」

「要。」白羅說。

他已經迫不及待，只好犧牲奧利薇夫人的創作靈感。一聽到奧利薇夫人的聲音，他心中的石頭頓時落了地。她一開口就打斷了他的道歉。

「真高興接到你的電話，」她說，「我正要出門演講，題目是『我如何寫書』。現在我就可以叫我的祕書打電話去，說我有急事耽擱了。」

「可是，夫人，千萬別讓我耽誤……」

「這哪裡叫耽誤，」奧利薇夫人興高采烈說道，「我去那裡根本是自己找糗的。我是說，關於如何寫書，你能說出個什麼名堂？我的意思是，首先，你得有些構想，之後你就得強迫自己坐下來，把它寫出來，如此而已。這些東西我三分鐘就能說清楚，然後演講結束，每個人也都心滿意足了。我真不懂，為什麼每個人都那麼熱中要作家談寫作，我一向認為作家的本分是寫，不是說。」

「不過，我還是要問問你是如何寫作的。」

「你是可以問，」奧利薇夫人說，「只是我不一定答得出來。我的意思是，你非坐下來寫不可，就是這樣。請你稍等，我頭上還戴著一頂去參加講演的笨寬帽呢，我得把它摘掉，它老擦著我的額頭。」

片刻之後，奧利薇夫人以一種如釋重負的口氣繼續說：「這年頭，帽子其實只是一種象徵，你說是不是？我的意思是，人戴帽子不再是為了實用，例如保暖、遮太陽或是避開不願意見的人。對不起，白羅先生，你剛才說什麼？」

「我只是突發奇想，」白羅說，他的聲音帶著敬畏。「說來也怪，你總是能給我靈感。我那多年不見的朋友海斯汀也是。現在你又為我提供了一個線索，可望解決我的問題，只是光有這個線索還不夠。我得問個問題。夫人，你可認識什麼原子科學家？」

「我可認識什麼原子科學家？」奧利薇夫人的聲音透著驚訝。「我不知道。我想，我大概認識。我的意思是，我認識一些教授之類的人物，但從來不知道那些人在做些什麼。」

「可是，你在破案遊戲中創造了一個原子科學家的嫌疑犯。」

「啊，你是指那個！我只是趕流行。我是說，去年聖誕節我替我侄子買禮物，但除了科幻小說和同溫層、超聲納玩具之外，什麼都買不到。所以，我在著手構思破案遊戲的時候，我就想最好找個原子科學家當主嫌，這就跟得上時代了。反正如果我需要一些專業術語，我隨時可以找亞歷克·萊格幫忙。」

「亞歷克·萊格？你說的是是莎莉·萊格的丈夫？他是原子科學家？」

「沒錯，他是個原子科學家。不是在哈韋爾工作，而是在威爾斯什麼地方，卡迪夫吧。還是布里斯陀？黑姆河邊的小屋只是他們休假的小別墅。這麼說來，沒錯，我的確認識某個原子科學家。」

「你是不是因為在納塞莊園遇見他，因此心生靈感，於是安排了原子科學家這個角色？可是他太太並不是南斯拉夫人。」

「對，她不是，」奧利薇夫人說，「莎莉是個如假包換的英國人。這一點你一定看得出來吧？」

「那你為什麼會為他安排一個南斯拉夫籍的妻子呢？」

「我真的不知道……是不是那些難民給我的靈感？還是那些招待所的學生？就是那些老是穿過樹林闖進納塞莊園、而且英語很破的外國女孩。」

「原來如此……沒錯，現在許多事我都明白了。」

「也該是時候了。」奧利薇夫人說。

「你說什麼？」

「我說也該是時候了，」奧利薇夫人說，「我的意思是，該是你明白的時候了。到今天為止，你好像什麼事也沒完成。」她的聲音帶著責備。

「誰可能三兩下就搞清楚一切呢？」白羅為自己辯護。「警察，」他又加上一句：「還不是一頭霧水。」

「唉，這些警察，」奧利薇夫人說，「如果蘇格蘭警場由女人來掌管……」

聽到這句他早已耳熟能詳的名言，白羅連忙打斷她。

「這事很複雜，」他說，「非常複雜。可是現在，我可以信心滿滿地告訴你，我已經有了結論！」

奧利薇夫人似乎無動於衷。

「我也敢說，」她說，「這段期間有兩個人遭到了殺害。」

「三個。」白羅指正她。

「出了三起命案？第三個被害人是誰？」

「一個叫默德爾的老頭。」赫丘勒．白羅說。

「這我沒聽說過，」奧利薇夫人說，「這事會上報嗎？」

「不會，」白羅說，「直到現在，大家都以為他死於意外，還沒有人起疑。」

「他不是意外死亡？」

「不是，」白羅說，「那不是意外。」

「那你告訴我是誰下的手？我是說，犯了這麼多起命案的凶手是誰……是不是電話裡不能說？」

「沒有人會在電話裡談這種事。」白羅說。

「那我要把電話掛了，」奧利薇夫人說，「我受不了。」

「等一下，」白羅說，「我還有事要問你。嗯，是什麼事呢……」

「這是上了年紀的徵兆，」奧利薇夫人說，「我也是這樣，很健忘。」

「有件事情，是一件小事，可是老讓我煩心。我在船屋裡……」

他開始回想。一疊漫畫書，瑪琳在書頁邊寫的塗鴉，「艾伯特和多琳約會。」他當時覺得好像少了什麼……有一件事他得問問奧利薇夫人。

「你還在嗎，白羅先生？」奧利薇夫人問。

這時候接線生提醒他們加錢。

放了錢後，白羅再度開口。

「你還在嗎，夫人？」

「我還在，」奧利薇夫人說，「我們就別浪費錢了，老是『你還在嗎』問個沒完。到底是什麼事？」

「很重要的事。你還記得你的破案遊戲吧？」

「我當然記得。我們剛才談的不就是這個嗎？」

「我犯了一個嚴重的錯誤，」白羅說，「從來沒去看你為遊戲參賽者準備的說明書。我原本想，對偵查命案如此嚴肅的大事來說，看不看說明書似乎無關緊要。我錯了，它其實事關緊要。夫人，你是個敏感的人，很容易受環境和接觸到的人所影響，而這些影響會轉化為你的作品。雖然並不明顯，但它們往往是你那想像力豐富的頭腦汲取靈感的泉源。」

「你的措詞優美而華麗，」奧利薇夫人說，「但你到底是什麼意思？」

「我的意思是，對於這樁命案，你所了解到的遠比你自以為了解的要多。現在，我的問題是——其實是兩個問題，不過第一個問題最重要——在你最初設計破案遊戲的時候，你是否想到要讓『屍體』在船屋裡發現？」

「不是，我沒這個打算。」

「你本來打算把『屍體』安排在哪裡？」

「就是離大宅不遠的那個避暑小屋。我認為那個地點最理想。可是後來有人……我記不得是誰了，硬是認為屍體應該放在福殿。唉，當然，這主意夠荒謬！我的意思是，任何人都可能隨意閒逛到那裡，用不著任何線索就會發現屍體。有人就是笨，我當然不能同意。」

「所以你就同意放在船屋裡？」

「沒錯，就是這樣。我對船屋其實沒什麼意見，不過我還是認為避暑小屋更理想。」

「沒錯，這就是你頭一天大致向我提過的那種伎倆。還有一件事。你還記得你曾經告訴我，最後一條線索就寫在讓瑪琳解悶的漫畫書中？」

「噢，當然記得。」

「告訴我，線索是不是這些話（他強迫自己回到他站在那裡看那些塗鴉時的情景）：『艾伯特和多琳約會』、『喬治．波吉在樹林裡親吻自助旅行的人』、『彼得看電影捏女生大腿』？」

「我的老天，才不是，」奧利薇夫人的聲音透著震驚。「哪裡是這樣的蠢話。不是的。我的線索一目了然，」她壓低嗓門，以神祕兮兮的語調說道：「是：『請看自助旅行者的帆布包』。」

「真了不起！」白羅喊了出來。「難怪寫著這句話的那本漫畫書會被拿走。它很可能令人心生聯想！」

「當然，帆布包就放在屍體旁邊的地板上，而且……」

「啊，不過我想那帆布包已經被掉包了。」

「你把我給弄糊塗了，哪有這麼多帆布包，」奧利薇夫人語帶埋怨。「在我的謀殺故事裡，只有一個帆布包。你想知道裡面有什麼東西嗎？」

「一點也不想，」白羅回答，「當然，」他表示禮貌地又說，「我願意洗耳恭聽，可是……」

奧利薇夫人對他的「可是」不予理會。

「我認為這是個絕妙的好構想，」她帶著原作者的自豪語氣說道，「你知道，在瑪琳的帆布包裡……這個帆布包本來是那個南斯拉夫妻子的乾糧袋，如果你了解我的意思……」

「是，然後呢？」白羅說。

他已做好準備，打算再一次墜入五里霧中。

「在那個帆布包裡有個裝著毒藥的藥瓶，那個鄉村仕紳就是用它毒死了自己的妻子。你知道，那個南斯拉夫女人一直在那裡當實習護士。在布倫特上校為了侵吞他第一任妻子的財產而毒死她的時候，她正好在屋子裡。所以這位護士拿走了瓶子，後來又回來敲詐他。當然，這就是他殺了她的原因。這些都符合嗎，白羅先生？」

「符合什麼？」

「符合你的想法。」奧利薇夫人說。

「風馬牛不相及。」白羅說完，趕緊補上幾句：「儘管如此，我還是要向你表達敬佩之意，夫人。我敢肯定，你的破案遊戲構思得如此巧妙，絕對不會有人奪標。」

「但就是有人奪了標，」奧利薇夫人說，「那時候已經很晚了，大約七點，一個一向被人認為少根筋、很固執的老太太猜中了所有的線索，而且得意洋洋地找到了船屋。當然，船屋裡只有警察，她這才知道發生了命案。我相信，她大概是整個園遊會中最後一個聽到這個消息的人。不過，他們還是把獎品給她了。」她帶著滿意的口吻接著說：「那個滿臉雀斑、惹人厭、還說我喝酒像灌水的小夥子，走到了山茶花園後就再也沒進展了。」

「夫人，」白羅說，「改天你再把你的故事說給我聽吧。」

「事實上，」奧利薇夫人說，「我正打算將它寫成一本書。把這個題材浪費掉怪可惜的。」

附帶一提，大約三年後，赫丘勒．白羅讀到阿蕊登．奧利薇所著的《樹林中的女人》。他愈讀愈覺得書中某些人物和情節似曾相識。

／18

夕陽西下時分，白羅來到那棟正式名稱是米爾小屋而當地人都稱為「粉紅小屋」的地方。小屋坐落於勞德溪旁。他敲了敲門，門立刻猛地開啟，驚得他往後倒退兩步。那怒容滿面的年輕人站在門邊盯著他看，也不和他打招呼，片刻之後，才放出一聲短笑。

「嗨，」他說，「原來是大偵探駕到。請進，白羅先生，我正在收拾行李。」

白羅接受了邀請，邁步走進屋裡。屋內陳設很不起眼，堪稱簡陋，而整個空間幾乎堆滿了亞歷克·萊格的私人用品。書籍、報紙和零散的衣物放得到處都是，地板上還立著一只半開的皮箱。

「這是這個家庭的最後崩裂，」亞歷克·萊格說，「莎莉不告而別了。我想你已經知道了吧。」

「不，我不知道。」

亞歷克・萊格冷笑一聲。

「我真高興，居然還有你不知道的事。沒錯，她過夠了婚姻生活。她和那個溫吞吞的建築師一塊走了。」

「我很遺憾。」白羅說。

「我不懂你有什麼好遺憾的。」

「我遺憾，」白羅邊說邊把兩本書和一件襯衫挪開，在沙發一角坐了下來。「是因為我認為她和他在一起不會比和你在一起快樂。」

「這六個月以來，她和我在一起也沒有特別快樂。」

「六個月並不是一輩子，」白羅說，「對一段有可能長久幸福的婚姻來說，六個月只占了非常短暫的一部分。」

「你說話就像個牧師，啊？」

「或許吧。請恕我這麼說，萊格先生，如果你的妻子和你在一起並不感到快樂，你這邊的錯可能要多過於她。」

「她確實是這麼想。我想，一切都是我的錯。」

「不是一切，但有一部分是。」

「噢，什麼都怪我。我乾脆投河自盡，一了百了算了。」

白羅若有所思地望著他。

「我很高興看到，」他說，「你在為自己的事情苦惱，而不是為世上別人的事情杞人憂天。」

「讓這個世界見鬼去吧。」萊格先生說完，又以怨苦的口氣補上一句：「長久以來，我一直就是個不折不扣的大傻瓜。」

「沒錯，」白羅說，「我得說，與其說你的行為該受非難，不如說你是運氣不好。」

「是誰雇你來刺探我的？」他問，「是不是莎莉？」

「你為什麼這麼想？」

「因為官方什麼行動都沒有，所以我斷定你一定是受雇於私人，跑到這裡來刺探我。」

「你錯了，」白羅回答，「我從來沒有刺探過你。我到這裡來的時候，還不知道有你這號人物。」

「那你怎麼知道我是運氣不好還是我自作自受、愛做傻瓜？」

「那是觀察和思考的結果，」白羅說，「且讓我做個小小的猜測，然後你告訴我猜得對不對。」

「你愛怎麼猜就怎麼猜，」亞歷克·萊格說，「不過別想要我陪你一起玩。」

「我想，」白羅說，「幾年前，你像其他許多熱心於科學的年輕人一樣，對某個政黨產生了興趣和認同。以你的職業，大家自然會用狐疑的眼光來看待你的這種認同和傾向。我不認為你做過什麼非常不正當的事，但我確實認為，你被迫採用了一種你並不樂意的方式以鞏固你的地位。你試圖退出，卻受到威脅。他們指派你去和某人會面。我想，恐怕我一輩子都不會知道那小夥子的名字。對我來說，他永遠是個穿著海龜花襯衫的小夥子。」

亞歷克．萊格突然爆出一陣大笑。

「那襯衫真是有點可笑。那時候我並不覺得事情不對勁。」

赫丘勒．白羅繼續說下去。

「像你這樣，既對世界的命運懷憂，又為自己的困境操煩，請恕我這麼說，任何女人和你生活在一起都不可能快樂。你並未向你的妻子吐露心事。這是你的不幸，因為我得說，你的妻子是個忠實的女人，如果她早了解到你的不快樂和絕望，她一定會全心全意站在你身邊。可是如今她沒有這麼做，反而開始將你和她從前的朋友麥克．韋曼做比較，這對你當然不利。」

他站起身。

「我建議你，萊格先生，盡快將行李整理好，跟隨你的妻子到倫敦去，把你承受的一切都告訴她，請她原諒。」

「原來這就是你的忠告，」亞歷克．萊格說，「但這和你有什麼相干呢？」

「毫不相干，」赫丘勒．白羅邊說邊往門口走。「只是，我永遠是對的。」

片刻的沉默後，亞歷克．萊格爆出一陣狂笑。

「你知道嗎？」他說，「我想我會接受你的忠告。離婚貴得要命。不管怎麼說，你得到了你想要的女人，卻不能保住她，這是有點丟臉，你不覺得嗎？我要到她切爾西的公寓去找她，要是我看見麥克也在，我要緊緊抓住他身上那條手工織成的花領帶，把他勒死。我會很高興這麼做，沒錯，我會很樂意這麼做。」

他的臉上突然亮出極其動人的微笑。

「很抱歉，我這鬼脾氣，」他說，「非常謝謝你。」

他拍拍白羅的肩膀，用勁之大，白羅不禁一個踉蹌，差點摔倒。

毫無疑問，萊格先生的友誼比他的敵意更令人痛苦。

白羅拖著疼痛的雙腳離開了米爾小屋。

「現在，」他仰頭望著愈來愈暗的天空，口裡說道，「我該去哪裡呢？」

19

赫丘勒·白羅被帶進門的時候，警察局長和布蘭德警官不約而同帶著強烈的好奇抬起頭來。局長的心情不太好。他本來和別人約好共進晚餐，但在布蘭德默默的堅持下，他把約會取消了。

「我知道，布蘭德，我知道，」他說，口氣聽得出心煩氣躁。「在全盛時期，這個比利時矮子或許是個難得的天才；不過，老弟，他的輝煌歲月已經結束了。他多大年紀了？」

布蘭德技巧地迴避了這個問題，反正他也不知道。白羅對自己的年齡向來避而不談。

「長官，關鍵是他去過那裡……去過現場，而我們無論如何都一無進展。我們到處碰壁，我們的處境就是這樣。」

局長不耐地擤了擤鼻子。

「我知道，我知道。我已經開始相信馬斯頓夫人是個變態的殺人犯了。我甚至想動用警犬……如果牠們有用武之地的話。」

「警犬在水裡無法跟蹤氣味。」

「正是。我知道你的想法，布蘭德，而我也贊同你。可是，你要知道，那完全沒有犯罪動機，絲毫的動機也沒有。」

「動機也許遠在那些島嶼上。」

「你的意思是海蒂．史達柏了解德蘇沙在那邊的情況？以她的心理狀態來看，這種可能性是合理的。她頭腦簡單，誰都同意這一點。所以她隨時可能把她知道的事透露給別人，你是這樣想的吧？」

「類似如此。」

「如果真是這樣，那他在渡海而來採取行動之前可是等了很長的時間。」

「長官，他先前可能不是很清楚她的狀況。據他自己說，他是看到了社交報刊，才知道納塞莊園和它的美麗女主人（布蘭德特別解釋道：『我一直以為這個名詞指的是銀質掛鏈[15]，上面掛著各種小玩意，我們祖母那一輩常將它別在腰上……這主意不錯，省得那些笨女人老是把手提包到處亂放。不過就女人的辭彙來說，這個名詞的意思應該是一個家的女主人』）的消息。一如我所說，那段歷史已成過往，但有可能是真的：而在他看到那段消息之前，他並不知道她的行蹤，也不知道她嫁給了什麼人。」

「可是他知道之後，便急如星火地乘遊艇跨海而來，只為了謀殺她？這太牽強了，布蘭德，太牽強了。」
「但有這個可能，長官。」
「而這個女人到底知道些什麼呢？」
「你記得她對她丈夫說的話嗎？『他會殺人』。」
「她還記得某個命案？從十五歲開始就一直記到現在？只憑她這句話你就信了？他聽到這話，必定會一笑置之吧？」
「我們並不了解真相，」固執的布蘭德說，「長官，你自己也知道，要是你知道什麼人做了什麼事，你就會開始尋找證據，而且遲早會找到。」
「嗯。我們也曾對德蘇沙做過調查……我們做得很謹慎，是透過一般管道進行的，但毫無所獲。」
「長官，這就是那位滑稽的比利時老兄可以查到內情的原因。他當時人在那棟宅邸裡，這很重要。史達柏夫人和他談過話。他把她隨意說出口的點點滴滴在心裡拼拼湊湊，結果就悟出一番道理來。不管怎麼說，他今天在納塞峽谷待了幾乎一整天。」
「他打過電話給你，問你歐帝安．德蘇沙的遊艇是哪一種，對不對？」

15　英文是 chatelaine，既是女主人之意，也表示婦女腰際的掛鏈。

「是的，這是他在第一通電話裡問的，第二通他就要求我安排這次會晤。」

「好吧，」局長看看手錶。「如果他五分鐘之內還不到……」

話音尚未結束，赫丘勒．白羅就被引了進來。

他的外表不似平日那般無懈可擊。德文郡的氣候潮溼，他唇上的八字鬍顯得無精打采，漆皮鞋上沾滿了厚厚一層泥漿。他步履蹣跚，頭髮蓬亂。

「白羅先生，你來了，」局長和他握了手。「我們全都心情緊繃、引頸企盼，等著一聆高見呢。」

這些話隱隱帶著挖苦，赫丘勒．白羅雖然身軀十分疲乏，心裡卻絲毫不受影響。

「我真不知道，」他說，「我先前怎麼會看不出真相。」

局長對這句話似乎無動於衷。

「那我們是不是可以說，你現在已經洞悉真相了？」

「沒錯，有些細節尚未釐清，不過大致的輪廓已經顯現。」

「我們需要的不只是大致的輪廓，」局長尖酸地說，「我們需要證據。白羅先生，你手上可有證據？」

「我可以告訴各位到哪裡去找證據。」

布蘭德警官開口了，他說：「譬如說？」

白羅轉向他，反而提出一個問題。

「我想，歐帝安．德蘇沙已經離開英國了吧？」

「兩個星期前離開的，」布蘭德咬牙切齒說道，「要把他抓回來可不容易。」

「我們或許可以勸他回來。」

「勸他回來？這麼說，我們並沒有充足的證據申請引渡令？」

「這不是引渡令的問題。只要將事實攤給他看……」

「可是，要給他看什麼事實呢，白羅先生？」局長說，口氣透著焦灼。「你這樣信口開河、大談特談的依據到底是什麼？」

「依據是，歐帝安．德蘇沙乘坐一艘考究的豪華遊艇到這裡來，證明他家很有錢；依據是，老默德爾是瑪琳．塔克的外祖父（這一點我是今天才知道）；依據是，史達柏夫人喜歡戴苦力式樣的帽子；依據是，儘管奧利薇夫人的想像力過於奔放，也很不可靠，但是她對人的判斷力極其敏銳，雖然這一點連她自己也沒意識到；依據是，瑪琳．塔克在自己的梳妝台抽屜裡藏著口紅和香水；依據是，布魯威小姐堅持說，是史達柏夫人要她為船屋裡的瑪琳送去點心和飲料。」

「依據？」局長目瞪口呆。「你把這些叫作依據？這裡頭什麼新發現也沒有。」

「你想要證據……確鑿的證據，例如，史達柏夫人的屍體嗎？」

這回輪到布蘭德目瞪口呆了。

「你找到史達柏夫人的屍體了？」

「並沒有真正找到，不過我知道它藏在什麼地方。你們得去一趟，等你們找到它，那麼你們就握有證據，而且是一切證據齊備了。因為，只有一個人才能將它藏在那裡。」

「這人是誰？」

赫丘勒．白羅露出笑容，宛如一隻貓在殲滅一盤奶油後露出的滿意笑容。

「凶手往往就是，」白羅柔聲說道，「那個丈夫。喬治爵士殺死了他的妻子。」

「這不可能，白羅先生。我們很清楚，這絕無可能。」

「啊，你錯了，」白羅說，「那並非不可能！聽好，我這就要將來龍去脈告訴各位。」

20

赫丘勒·白羅在那道鍛鐵大門前佇立了片刻。他順著曲折蜿蜒的車道向前望去。最後一批金黃色的枯葉從枝頭颯颯飄落，仙客來的花季已過。

白羅輕嘆一聲。他轉過身，輕輕叩了叩附門廊的白色小屋大門。

隔了好一陣子，他聽見裡面傳來腳步聲，那腳步猶豫而遲緩。福立亞太太開了門。這一回，看到她蒼老而孱弱的模樣，白羅不再感到驚訝。

她說：「白羅先生，又是你？」

「我可以進來嗎？」

「當然可以。」

他跟著她走進去。

她提議要為他泡茶，他婉謝了。接著她以平靜的語氣問：「你來有什麼事呢？」

「我想你猜得到，夫人。」

她答非所問。

「我好累。」她說。

「我知道。」他繼續說下去。「已經出了三條人命。海蒂・史達柏、瑪琳・塔克、老默德爾。」

她立即厲聲說道：「默德爾？那是意外。他是從碼頭上跌下去的。他的年紀這麼大，眼睛半瞎，又在酒館裡喝了酒。」

「那不是意外。默德爾知道得太多了。」

「他知道什麼？」

「他認出一張面孔、一種走路的姿態，或是某個嗓音，諸如此類的東西。我剛到這裡的第一天就和他聊過。他把福立亞家族的事都告訴了我；關於你的公公和你的丈夫，還有你在戰爭中死去的兩個兒子。只不過，他們並沒有雙雙戰亡，對吧？你的大兒子亨利和軍艦一起葬身海底，可是二兒子詹姆斯並沒有死。他當了逃兵。先是官方的報告將他列為『失蹤，俱信已身亡』的名單內，後來你又對所有人說他已經死了，因此沒有人會懷疑你。這事和別人毫不相干，他們何必懷疑呢？」

白羅頓了頓，繼續說道：「請別以為我不同情你，夫人。我知道，人生對你來說是殘酷的。你對你的小兒子或許未抱有幻想，但他是你兒子，你愛他，竭盡所能讓他獲得新生。你照顧一個年輕女孩，一個智力不高但很有錢的女孩。噢，沒錯，她很有錢。你放出風聲，說她父母早已失去一切財產，所以她一文不名；還說她在你的勸說下嫁給一個比她年紀大得多的有錢人。誰會不相信你杜撰的故事呢？畢竟，這還是一樣，和別人毫不相干。她父母和近親都已過世。法國巴黎的一家律師事務所依照聖米格爾島律師的委託，在她成婚的時候，將她自己的財產控制權還給她。而她的個性，一如你告訴我的，溫良、熱情、容易受人影響。不管什麼文件，她丈夫要她簽字她就簽。那些證券恐怕幾經易手，一再轉賣，但終究達到了財產移轉的目的。喬治．史達柏爵士，這個由你兒子偽裝的新人成了富翁，而他的妻子卻成了寄人籬下的窮人。自稱爵士並不犯法，除非這樣做是為了騙錢。頭銜會產生信心，它的意涵即使不代表門第，也代表金錢。於是腰纏萬貫的喬治．史達柏爵士買下納塞莊園，重歸故里，儘管他從孩提之後就離開這裡。這時他已年歲增長，外貌大變，並且蓄起鬍子，經過戰爭的浩劫，這裡似乎已無人能認出他。但老默德爾認了出來。他把祕密藏在心裡，而當他偷偷告訴我『納塞莊園永遠有福立亞家族的人』，那可是他自己深藏的祕密玩笑。

「如此這般，一切都順利妥當，至少你這麼認為。我完全相信，你的計畫只安排到此為止。你的兒子取得了財產和祖宅，而雖然他的妻子智力不高，但她美麗又溫順，你希望他會對她好，讓她幸福。」

福立亞太太低聲說道：「我就是這麼想的。我會照顧海蒂，愛護她，關心她，而我作夢也沒想到……」

「你作夢也沒想到，而你的兒子也處心積慮地瞞著你……他結婚的時候，已經是個有婦之夫。是的，我們已經查到了那些必定存在的紀錄。你兒子在義大利的崔斯特娶了個女人，一個出身低下階層、混跡黑社會的女人。他當了逃兵之後，就和她一起躲了起來。她不想和他分手，而他也毫無和她分離的打算。他答應和海蒂結婚，表面上是取得財富的一種手段，可是從一開始，他自己的心意就很篤定。」

「不，不，我不相信！我不能相信……都要怪那女人，那個邪惡的女人。」

白羅無動於衷，繼續往下說：「他是存心要殺人的。海蒂沒有親屬，朋友也少。他們一回到英國，他就把她帶到這裡來。頭一天晚上，沒幾個僕人見過她，而第二天早上他們見到的女主人其實不是海蒂，而是裝扮成海蒂、行為舉止和海蒂大致相仿的那個義大利妻子。事情本來可以到此為止。假海蒂可以用真海蒂的身分度過一生，儘管毫無疑問，日後她的智力將會拜所謂『新療法』之賜，出人意表地大為提高。祕書布魯威小姐已經發覺史達柏夫人的思維能力其實健全得很。

「可是，後來發生了一件他們完全始料未及的事。海蒂的一位表哥寫信來，說他即將搭乘遊艇來英國。儘管那位表哥已多年不曾和她見面，但是要以冒名頂替的海蒂來騙過他，這是不可能的。

「怪的是，」白羅突然中斷敘述，岔題說道：「雖然我的腦海曾閃過這樣的念頭……德蘇沙或許並非真正的德蘇沙，而我卻從未想過事實恰恰相反。也就是說，海蒂並不是真正的海蒂。」

他又繼續他的敘述。

「應付這種局面有幾種方法。史達柏夫人可以稱病躲著不見面，但如果德蘇沙要在英國長期逗留，她很難繼續避而不見。此外，還有一件棘手的事。年事已高的老默德爾喜歡饒舌，常對他的孫女絮絮叨叨。她大概是唯一會耐著性子聽他嘮叨的人了，而即使是她，也沒把他的話全放在心上，因為她認為他有點『瘋癲』。儘管如此，他說過的一些話，例如『樹林裡有一具女屍』、『喬治．史達柏爵士其實就是詹姆斯少爺』，讓她留下了深刻的印象，所以她在喬治爵士面前有意無意地露出一些口風。當然，她這麼做有如替自己買了死亡入場券。喬治爵士和他的妻子不能冒險讓這些話傳出去。我能想像，他一面給她一點小錢讓她保持沉默，一面著手制定計畫。

「他們的計謀精心而周密。他們已經知道，德蘇沙到達赫茅斯的時間正好和園遊會在同一天。他們計畫好要讓瑪琳被殺，讓史達柏夫人『失蹤』，好讓大家對德蘇沙暗生懷疑。於是她含沙射影，暗示他是個『壞人』，還指控他『會殺人』。史達柏夫人將會永遠失蹤（或許相當時日後，喬治爵士會順水推舟地將某個無法辨認的屍體指認為她），然後找個新的角色來瓜代她。事實上，只要讓假海蒂恢復原來的義大利女人身分就行了。她只要在一天多的時間內扮演好雙重角色即可。在喬治爵士的默契配合下，做到這一點並不難。我到的那天，『史達柏夫人』在喝茶時間之前一直待在自己的房間，除了喬治爵士，誰也沒看到她。而其實這時她已溜了出去，搭乘汽車或火車到了埃克塞特。從埃克塞特起，她就和另一個女學生結伴旅行（每年這個時候，每天都會有好幾位自助旅行者），還對這個女生編造故事，說她朋友吃了變質的小牛肉火腿派等等。她到達招待所後，登記了一個小房間就出外『探險』去了。喝茶時間一到，史達柏夫人便出現在客廳裡。晚餐後，史達柏夫人早早就上床睡覺，但布魯威小姐在不久後瞥見她溜出宅子。她在招待所裡過夜，一大早便離開招待所，回到納塞莊園以史達柏夫人的面目吃早餐。之後她又藉口頭痛，在自己房裡待了一上午，而這段時間，她又設法扮演了一個被喬治爵士趕回去的『擅闖私宅者』。喬治爵士一面站在他妻子房間的窗口把她趕走，一面假裝轉身和房裡的妻子說話。更衣換裝並非難事，史達柏夫人只要在她愛穿的精美服飾裡頭穿上短褲和開襟襯衫即可。臉上撲了厚厚的白粉、用寬大的苦力帽遮起面孔，她是史達柏夫人；戴上一條色彩豔麗的村姑頭巾，露出被太陽曬成赤褐色的皮膚和青栗色的鬈髮，她又儼然成了一個義大利女孩。沒人會想到，這兩個人是同一個女人。

「最後一幕終於開場了。就在四點之前，史達柏夫人吩咐布魯威小姐端一茶盤的東西為瑪琳送去，這是因為她怕布魯威小姐自己也會想要這麼做，而如果布魯威小姐不合時宜地出現在船屋，那一切都完了。安排布魯威小姐於犯罪發生前後在現場出現，說不定還會讓她感到一份惡毒的快感。隨後她看準時機，溜進空無一人的算命帳篷，再從帳篷後面鑽出，走進灌木叢中的那個避暑小屋，那裡放著她扮成自助旅行者時用的帆布包和換裝用的行頭。她悄悄穿過樹林，叫瑪琳放她進去，當下就勒死了那個毫無防備的女孩。她把寬大的苦力帽扔進河裡，換上自助旅行者的衣服和偽裝，再將那套仙客來顏色的喬其皺紗衣服和高跟鞋裝進帆布包，不出多久，一個從青年招待所來的義大利學生便在草地上的園遊會場中和她的荷蘭朋友會合，並且依照預定的計畫，一同搭乘本地的公車離開。她現在人在哪裡我不知道，不過我想她應該在倫敦市中心的蘇活區，因為那裡勢必會有一些義大利的黑社會同黨可以為她提供必要的證件。無論如何，警方在找的並不是一個義大利女孩，而是頭腦簡單、智能不足、富於異國特徵的海蒂·史達柏。

「而可憐的海蒂·史達柏已經不在人世，夫人，這一點你心知肚明。園遊會那天，我和你在客廳談話，你透露出這個事實。瑪琳的死令你大為震驚……你對這個計謀一無所知，但你非常清楚地顯示，在談到『海蒂』時，你指的是兩個不同的人，一個是你深惡痛絕、『死了倒好』的女人，還警告我『對她說的話一個字也別信』。而當你談到另一個時，你不但用過去時態，還深情款款地為她辯護。夫人，我想你是真心喜歡可憐的海蒂·史達柏……」

現場一陣漫長的停頓。

福立亞太太動也不動地坐在椅子裡。她終於挺挺身子，開口說話，聲音冷若冰霜。

「白羅先生，你說的一切有如天馬行空。我真的認為你是瘋了……這完全是你的推想，一點證據也沒有。」

白羅走到一扇窗邊，打開了它。

「請仔細聽，夫人，你聽到了什麼呢？」

「我有點耳聾……我該聽到什麼呢？」

「鶴嘴鋤的敲擊聲……他們正在挖福殿的混凝土地基。真是個埋葬屍體的好地方！一棵大樹被連根拔起，土壤也已鬆動，然後等待一些時日，為了萬無一失，在埋藏屍體的地點澆上混凝土，又在上頭蓋起福殿……」他接著柔聲說道，「這是喬治爵士的敗筆，是納塞莊園主人的蠢行。」

福立亞太太放出一聲長嘆，嘆息聲中帶著戰慄。

「如此美麗的地方，」白羅說。「只有一個邪惡的東西，那就是擁有它的人……」

「我知道，」她沙啞的聲音傳來。「我早就知道。他甚至還是個孩子的時候，就令我擔心、害怕。他冷酷無情、毫無同情心、沒有良知。可是，他是我兒子，我愛他。海蒂死後，我本來應該大膽說出真相。但他是我兒子，我怎麼能做個檢舉他的人呢？而由於我的沉默，那可憐的傻女孩被害死了，接著是親愛的老默德爾……這種事什麼時候才能停止呢？」

「只要有個殺人凶手在，這種事就停止不了。」白羅說。

她垂下頭，雙手蒙住眼睛良久。

接著，納塞莊園的福立亞太太，這位出現過許多英雄好漢的古老世家的女兒，站起身子。她的目光直視白羅，聲音平板而冷淡。

「謝謝你，白羅先生，」她說，「謝謝你親自到這裡來把情況告訴我。現在你要告辭了吧？有些事情，是必須獨自面對的……」

專文推薦

藏在日常細節中的冒險

楊照（作家）

一開始，就都在那裡了。

一九二〇年，阿嘉莎．克莉絲蒂出版了《史岱爾莊謀殺案》，神探白羅就已經退休了。而且在這個案子裡，藉由敘述者海斯汀的轉述，就鋪陳出克莉絲蒂小說最基本的偵探原則：

「那些看來或許無關緊要的小細節……它們才是重要的關鍵，它們才是偉大的線索！」

「豐富的想像力就像洪水一樣，既能載舟亦能覆舟，而且，最簡單直接的解釋，往往就是最可能的答案。」

「沒有任何謀殺行為是沒有動機的。」

還有，一個不討人喜歡的死者，一群各有理由不喜歡死者、因而也就都有殺人動機的人，這些人彼此之間構成複雜的關係，有的互相仇視，有的互相愛戀，麻煩的是，有些愛人其實貌合神離，有些仇人其實私下愛慕；更麻煩的是，不論是愛或是仇，都有可能是扮演出來的。

一個外來的偵探必須周旋在這些嫌疑者之間，從他們口中獲取對於案情的了解，換句話說，他必須在很短的時間內，搞清楚誰是誰、誰跟誰吵架、誰跟誰偷情，然後判斷誰說的哪一句是實話、哪一句是謊言。常常謊言比實話對於破案更有幫助。

再偷偷透露一下，如果要和小說裡的凶手及小說背後的作者鬥智，就像克莉絲蒂對英國社會的了解，祕訣就在於要去追究小說裡的人物背景，尤其是他們的階級地位。基本上，階級地位愈高、權力愈大、愈有錢者，說的話就愈不要相信。例如在《史岱爾莊謀殺案》中，僕人、園丁說的話遠比有頭有臉的人說的要可信多了。就算要說謊，他們的謊言也比較天真，而且往往出於善良動機。當你歸納線索時，就會知道他們並非故意說謊，那是因為他們的認知受到蒙蔽或誤導，而你慢慢就從這蒙蔽或誤導中被引導到真相。

《史岱爾莊謀殺案》出版那年，克莉絲蒂三十歲，但書稿其實早在五年前就寫好了，畢竟要找到有人願意出版一個看來再平凡不過的家庭主婦寫的小說，並不是那麼容易。

所有和克莉絲蒂接觸過的人，都對於她的「正常」留下深刻印象。她看起來就和她那個年紀的典型英國家庭主婦一樣，害羞、靦腆，只能在社交場合勉強跟人聊些瑣事話題，完全無法演講，甚至連只是站起來對眾賓客說幾句客套話，請大家一起舉杯，她都做不到。她不演講，也很少答應接受採訪，就算採訪到她也很難從她口中得到有趣的內容。她會講的，幾乎都是記者本來就知道、或者自己就可以想得出來的。

例如說白羅這個神探的來歷。克莉絲蒂回答：他應該是個外國人，這樣就能在英國日常生活中看出英國人自己看不出的線索。她自己碰過的外國人，只有第一次大戰剛爆發時到英國避難的比利時人。比利時警察怎麼能跑到英國來？那一定是因為他已經退休了。他有潔癖，所以對於現場會有特殊的直覺，馬上感受到不對勁的地方。一個有潔癖的人，好像應該長得矮小些才相稱，一個矮小有潔癖的人最適當的名字，就是希臘神話裡的大力士「赫丘勒斯（Hercules）」，製造出荒唐的對比趣味。那白羅這個姓是怎麼來的呢？克莉絲蒂很誠實地說：「我不記得了。」

一切都如此順理成章，一切都如此合邏輯，不是嗎？有記者問她怎麼看自己的舞台劇〈捕鼠器〉，創下了英國劇場、甚至全世界劇場連演最多場紀錄的名劇？克莉絲蒂的回答也還是中規中矩，合理合節：那是一齣小戲，在一個小劇院演出，成本很低，任何人想到了都可以帶家人或朋友去看，老少咸宜，並不恐怖，也不特別荒謬打鬧，可是又什麼都有一點，包括恐怖和荒謬打鬧的成分。

她的身上找不出一點傳奇、怪誕色彩，那她為什麼能在五十年間持續寫偵探小說，創造了那麼多謀殺，還創造了那麼多詭計？

首先因為她是女性，以及她的身世，包括她的階級身分，使得她在描寫故事場景時比一般男性作者來得敏感。因為在她之前的偵探推理小說男性作家的階級身分都是高高在上，基本上他們會從較高的角度看社會，比較看不到底層的感受。

而她的婚變以及婚變中遭逢的痛苦，都使她更能體會與觀察，將英國社會的複雜細節融入小說的核心情節，讓探案與線索分析結合在一起。

克莉絲蒂一生結過兩次婚，第一次在一九一四年，婚後不久，丈夫就參加了歐戰，是英國皇家空軍最早一批飛行員。一九二六年，這個丈夫有了外遇，直率地向克莉絲蒂要求離婚，在那之前，克莉絲蒂的媽媽才剛過世，雙重打擊之下，又遇到車子無法發動，克莉絲蒂崩潰了，她棄車而走，忘記了自己究竟是誰，躲進一家鄉間旅館，登記時寫了她心裡唯一有印象的名字——她丈夫情婦的名字。

離婚後，一次在晚宴中，有人提起近東烏爾考古的最新收穫，克莉絲蒂就取消了原定要去西印度群島的計畫，改訂了跨越歐洲到君士坦丁堡的「東方快車」，是的，就是這趟旅程給了她寫《東方快車謀殺案》的靈感。不過更重要的是，在烏爾，她認識了一位年輕的考古學家，比她小十四歲，這個人後來成了她的第二任丈夫。

這位考古學家陪她去參觀在沙漠中的烏克海迪爾城，卻在沙漠中迷路困陷了。幾小時中克莉絲蒂卻沒有一點驚慌不安，當下考古學家就決定要向她求婚。

原來，克莉絲蒂的內心是有這種冒險成分的。要不然她不會兩次選到的，都是喜愛冒險的丈夫，而她本身大概也不會吸引一個在各種危險情境下挖掘古代寶藏的人，讓他願意向一個大他十四歲的女人求婚。

這樣說吧，維多利亞時代後期的英國環境，壓抑限制了克莉絲蒂冒險、追求傳奇的內在衝動，她只好將這樣的衝動寄託在丈夫和寫作上。她一邊陪著第二任丈夫在近東漫走，一邊在小說中寫各式各樣的謀殺與探案。謀殺和探案都是冒險，還有，偵探偵查中做的事——蒐集線索，還原命案過程——其實和考古學家的考掘，如此相似！

克莉絲蒂寫得最好的，正是「藏在日常中的冒險」。她個性中的雙面成分，造就了特殊的偵探魅力。既嚮往非常傳奇，卻又有根深柢固的日常邏輯信念，兩者都在克莉絲蒂的小說中扮演了重要角色。她的謀殺案幾乎都和日常習慣緊密編織在一起，日常環境成了凶手最重要的掩護。有些日常規律明顯地被破壞了，讓我們很自然以為那會是謀殺的線索，沿著這些線索形成了閱讀中的推理猜測，然而白羅早就提醒了，真正重要的反而是那些「細節」，也就是看來像是依隨日常邏輯進行的事，或說藏在日常邏輯中因而不被看重的事，那裡要嘛藏著凶手的核心詭計、煙幕，要嘛藏著凶手致命的破綻。

凶案的構想，就是如何讓異常蓋上日常、正常的面貌，又如何故意將日常、正常予以扭曲，製造假象；那麼偵探要做的，就是如何準確地在日常中分辨出真正的異常，將假的、明顯的異常撥開來，找出細節堆疊起來的異常真相。

此外，克莉絲蒂的小說裡隱藏著極其曖昧的情感價值觀，最典型、最有名的就是《東方快車謀殺案》。透過追查過程，讓讀者知道為什麼凶手要訴諸於這種手段，其動機具有可同情之處，再加上克莉絲蒂對身分階級的觀察，她比較相信或讓讀者相信那些沒有權力、地位的人，隨著偵查節奏去認識可能或必須懷疑的人。克莉絲蒂最擅長營造「多重嫌疑犯」的小說特質，因為讀者在閱讀時必須被迫去認識很多不一樣的人。在她最受歡迎的作品，大概都具備這樣的特質。

當然，她的作品中還有兩個最突出的神探，即白羅和瑪波。白羅是比利時人，但為什麼必須是外國人？這是因為英國人具有高度階級意識，這種觀念一路滲透到所有互動細節，包括人與人之間如何說話。而白羅因為不是英國人，他會發現一般英國人不太看得出來的東西，以及兩個人互動的方法哪裡不正常。至於瑪波為什麼得是老太太？她一如那個年代的老人家，總是靜靜坐著打毛線，因為不起眼，自然讓人放鬆防備，所以瑪波探案的線索都是來自於這樣的互動模式。

然而，白羅有很明顯的優勢，瑪波的身分使她基本上只能進行「靜態」的辦案，案子的空間受到侷限，白羅卻可以跨越各種空間，恣意揮灑。而且白羅擁有警官身分，可以合理出現在各種犯罪現場，瑪波能出現的地方，相形之下就勉強、不自然多了。白羅是明白的outsider，在英國，只要他出現，就會覺得有外人在而感到緊張，於是很容易露出平常不會表現的行為；瑪波則看起來是 insider，但實質上是 outsider，因為總是沒人發現她、當她空氣人。這兩人的探案，是兩個極端。雖然讀者最愛白羅，但克莉絲蒂自己偏愛瑪波勝於白羅。

不管後來的偵探、推理小說發展了多少巧妙詭計，克莉絲蒂卻不會過時，因為她的推理如此密切地和日常纏繞在一起；活在日常中，我們就無可避免被克莉絲蒂的「日常細節推理」吸引，隨時讀來都充滿驚奇趣味。

名家盛讚克莉絲蒂（依推薦時間排序）

金庸（作家）

克莉絲蒂的寫作功力一流，內容寫實，邏輯性順暢，也很會運用語言的趣味。閱讀她的小說，在謎底沒有揭露之前，我會與作者鬥智，這種過程非常令人享受。其作品的高明之處在於：布局的巧妙完全意想不到，而謎底揭穿時又十分合理，讓人不得不信服。

詹宏志（作家、PChome 網路家庭董事長）

推理小說在從先輩柯南．道爾等人的發明中出現力量時，誕生了一位《天方夜譚》故事中每天說故事說個不停的王妃薛斐拉．柴德，也就是「謀殺天后」克莉絲蒂，整個世界對聽這些故事才有如此的熱情。他們捨不得睡覺，每天問後來還有嗎、還有嗎，永遠不肯離去，這就是克莉絲蒂對推理小說的最大貢獻。

可樂王（藝術家）

所謂「克莉絲蒂式」的推理小說，就是一場和一個天才的寫作者或高明的恐怖份子在紙上捕掠捉殺的戰事。即便是一列火車、一處飯店或一間酒吧，在克莉絲蒂寫來皆充滿神祕和猜謎。在人生適合的下午裡，我總是一面嚼著口香糖，一面跟著矮子偵探白羅穿梭謀殺現場，克莉絲蒂的推理作品無疑是推理世界中最充滿「魔術性」的小說。

吳若權（作家、節目主持人）

我從小就對推理小說情有獨鍾，克莉絲蒂一系列的作品尤其令我愛不釋手。多年來，閱讀推理小說的經驗讓我覺悟：讀者在文字情節中推展開來的驚嘆，不只是因緣於故事的本身，而是自我性格的投射。從這個觀點來看克莉絲蒂一系列的作品，她簡直就是洞徹人性的算命師。而讀者，在她的文字中，發現了自己無可奉告的命運。

藍祖蔚（國家電影及視聽文化中心董事長）

做過藥劑師，難免懂得毒藥；嫁給考古學家，難免也就嫻熟文明的神祕；再加上曾經失蹤九天，一切不復記憶的離奇經驗，的確提供了寫作靈感，但若少了想像力，那些片羽靈光縱使辛辣如辣椒，卻不足以成菜。

推理小說重布局、重人物描寫，克莉絲蒂最厲害的卻是犀利的人性觀察，她一手創造的白羅探長，潔癖個性完全和她相反，更將她所憎厭的人格特質集於一身，殊不知，唯有不對著鏡子寫作，才能夠跳出框架與制式反應，開闢無限寬廣的新世界，建構多面向的詭異迷宮。

看完她的小說，你只會更加訝異，到底是什麼樣的心靈才能成就這般視野？

李家同（作家、前暨南大學校長）

克莉絲蒂的整體布局十分細膩，最後案情也都講解得非常詳細，回頭去看，在書中都找得到線索。故事的情節與內容也很好看，不是像一個流氓在街上被殺掉那麼單調。……看小說應該要花腦筋、要思考，從小就要養成思辨的能力，看她的小說，就是對邏輯思考能力極佳的訓練。

袁瓊瓊（作家）

雖然被公認是冷靜理性的謀殺天后，但是在理性之下，克莉絲蒂的底色依舊是感情。克莉絲蒂很明白，所有的慾望之後，都無非是某種愛情。在以性命相搏的犯罪世界裡，凶手以終結他人的性命來遂私欲，不過是為了成全自己的愛，或者是成全自己的恨。

鄧惠文（精神科醫師）

以推理小說作家而言，克莉絲蒂的風格相當獨樹一格。她的偵探在辦案時，靠的不光是科學證據的搜集，而是大量運用犯罪心理學，及對人性的深刻了解。例如在《五隻小豬之歌》中，白羅便是藉由聽取嫌疑犯訴說案情時所不自覺顯露的主觀意識及中心思想，而看出其中破綻，找出真凶。白羅是靠腦袋辦案，以心理層面去剖析案情，即使人們敘述的是同一件事，他可以聽出不同角色因出發點及看待角度不同所透露的情緒觀感，從而抽絲剝繭，還原事實真相。

克莉絲蒂所塑造的人物也生動且各具特色，不同個性所出現的情緒反應描寫，皆細膩而準確，讓讀者產生豐富的想像空間，一展卷便欲罷而不能。

吳曉樂（作家）

克莉絲蒂使用的語言平易近人，主要是以角色與情節的對應來斧鑿出故事的深度，堆疊出讓讀者回味的迂迴空間。而她筆下的角色往往性別、階級、性格、族群各異，塑造出多元又豐富的人物群像。

文學作品不問類型，若要流傳於世，最終仍得上溯至「人性」的理解與反思。而阿嘉莎・克莉絲蒂的作品中，我們可以看到人類屢屢得和自己的人生討價還價，或千方百計讓主觀意識與客觀條件達成某種程度的整合，讀者在重建人物的心理軌跡時，也見識到自身的是非成敗，我認為，這也是克莉絲蒂的作品能夠璀璨經年、暢銷不衰的主因。

許皓宜（心理學作家）

克莉絲蒂筆下的故事看似在談人性的醜惡，實則像一位披著小說家靈魂的心靈引導者，用她的文字訴說著人們得不到「愛」時的痛苦。於是在故事終了的剎那，你不得不對人生多了幾分「看透感」：原來，我們心裡的那些痛苦、報復與自我折磨的慾望，不是因為「憤恨」，而是起於對「愛的失落」。這或許是我們在情感世界中最珍貴且深刻的一種覺察了。

推理小說荒謬驚悚嗎？不，它其實很寫實。它幫我們說出心裡的苦、怨、醜陋的慾望，於是，我們可以重新學習愛了。

一頁華爾滋 Kristin（影評人）

從有記憶以來，閱讀克莉絲蒂最迷人之處往往不在真正的凶手是誰，而是在於「Why」（為什麼）與「How」（如何進行），在於人性與心理描摹的故事肌理。依循其書寫脈絡，會發覺不只是邏輯清晰、布局縝密、著重細節，她總能完美掌握敘事節奏，書中人物彷彿真實存在般鮮明躍然紙上，讀者情緒會隨精準文字保持流轉、跳動、收放，掩卷時並無太多真相水落石出的暢快，反倒淡淡的惆悵化為餘韻襲上心頭，原來還是種種意料之外，卻屬情理之中的人性盲目使然。私以為，那成就了克莉絲蒂的推理故事之所以無比迷人的主因之一。

冬陽（推理評論人）

雖然阿嘉莎·克莉絲蒂的作品並非我的推理閱讀啟蒙，卻是養成閱讀不輟的重要推手。首先，她無庸置疑是個說故事能手，打開我名為好奇的開關；其次是設計犯罪事件的巧妙多元，既日常又異常，凶手更是叫人意想不到。沒錯，我相信每個當讀者的都忍不住想破案，想早偵探一步識破詭計，或者像考試結束鈴響前一秒，瞎猜都要指著某個角色大喊「你就是犯人」！然後會忍不住作弊——不是翻到最後幾頁窺探真凶身分，而是往前翻查讓人起疑的段落、偵探顯然掌握重要線索的時刻，直到忍不住豎白旗投降，看神探（我知道啦，真正把我耍得團團轉的聰明人是作者）頭頭是道地分析我遺漏錯置的片片拼圖，終於看清真相全貌。這，就是偵探推理，我因此熟悉遊戲規則、沉醉在每一場迷人故事裡，成為這個類型書寫的俘虜，享受至今不疲的美好滋味。

石芳瑜（作家、永樂座書店店主）

布局細膩、處處留下線索，破案解說詳細，說明了這位安靜、害羞的推理小說女王心思縝密，且充滿想像力。密室殺人，完美犯罪，《東方快車謀殺案》不愧為古典推理小說的經典。再加上神祕的東方色彩，隨著火車抵達的迫切時間感，連非推理小說迷都會神經拉緊，讀完大呼過癮。

家庭主婦缺少人生經驗？處女座的阿嘉莎．克莉絲蒂充分展現她過人的寫作天分，靠得是從小開始的閱讀，以及對偵探小說的著迷。三十歲寫下第一本偵探小說《史岱爾莊謀殺案》的克莉絲蒂，在那個時代並不能說是「早慧」，但寫作生涯五十五年中，共創作了八十部偵探小說，卻令人難以企及。這位害羞靦腆的小說女神，大概是相信只要有足夠的理由，每個人都有殺人的可能！

余小芳（暨南大學推理研究社指導老師、台灣推理作家協會常務理事）

學生時代加入推理社團，社課指定讀物便是經典作品《一個都不留》，成為我對克莉絲蒂的初步印象，自此沉浸於推理小說的世界。隔年寒假陪同學參與轉學考，在斜風細雨的走廊中，滿足讀完《東方快車謀殺案》。隨著歲月遠走，已昇華成趣味回憶。

踏入推理文學領域需要認識的作家，阿嘉莎．克莉絲蒂絕對名列其中，她的作品常有英國小鎮風光、莊園式的謀殺、設備豪華的交通工具等，還有特色鮮明的偵探活躍其中。書中少有血腥、暴力的橋段，布局巧妙且結構嚴密，手法純粹、知性，故事內容與人物性格融為一體，以高超的想像力結合說好故事的能耐，為推理小說開創新局面。克莉絲蒂推理全集重編改版，值得新舊讀者一起探索。

林怡辰（國小教師、教育部閱讀推手）

多年後，還是難忘第一次閱讀阿嘉莎．克莉絲蒂作品的感動和激動。這套將近一世紀的作品，文筆流暢，邏輯縝密，過程中不斷與作者較量、猜出凶手，直到最後解答不禁佩服，蛛絲馬跡處處展現作者的精妙手法，於是又拿起另一部作品，再次沉溺在謀殺天后所編織的日常世界中的奇幻，無可自拔。犯罪動機和手法穿越時空限制，如今讀來合理且依舊令人感動，閱讀中趣味橫生，難怪成為後來諸多偵探小說的原型。

克莉絲蒂創作生涯中產出的八十部推理作品，至今多部躍上大銀幕，無怪乎被稱之為「經典」，喜愛推理偵探作品的人不可不讀，你會驚異於她在文字中施展的魔法！

張東君（推理評論家、科普作家）

我愛克莉絲蒂！這位在台灣有時會被稱為克奶奶的超級暢銷推理小說家，即使是自認沒讀過她的書的人，也都會在各種書籍或影視作品中看到對她致敬的片段。由於她喜歡旅行和冒險，那些經驗與體驗都成為書中的場景，因此閱讀她的作品時，不只是雀躍地跟著偵探推理，也有了虛擬的旅行體驗。或者當成旅遊導覽書，在出發去尼羅河、去英國鄉間、去搭船搭火車時，就塞一本克奶奶的作品到隨身背包中。

我還是大學新生時，就聽學姐說她哥哥經常看克奶奶的小說，而且邊看邊狂笑。於是我跟著效仿，在某次搭飛機之前買了第一本小說當旅伴，不只看得超開心，看完後還到處找尋書中出現的那種有兜帽的斗篷，當成出門時的必備用品。克奶奶的作品是跨越文字、國界的。只要看過一本，就會不停地追下去。還好，真的是還好只有八十本。何況這次是全新校訂的紀念珍藏版，當然不能錯過！

發光小魚（呂湘瑜）（文史作家、助理教授）

一部好的偵探小說，除了情節設計巧妙之外，還需要洞悉人性，如此方能合理地交代人物的言行舉止與動機。阿嘉莎．克莉絲蒂便是其中翹楚，她的作品不管是偵探、愛情小說或戲劇，必要元素都是謎題與人性。在寧靜無波的場景下暗潮洶湧，永遠都有意料之外，讀者的情緒也會隨著劇情的進行起伏糾結。克莉絲蒂觀察到時代的變化，將犯罪心理融入作品中，於是，看她的小說不只能得到解謎的快樂，同時對人性也能夠有所省思。

此外，克莉絲蒂豐富的人生歷練及旅行經歷，例如一九二二年的環球之旅、居住過也旅行過的巴黎和埃及，甚至是追隨考古學家丈夫前往的中東，都讓她的小說讀來更加充滿異國情調。如果你也愛旅行，不如就讓我們一同搭上那一班南法的藍色列車，或由伊斯坦堡出發的東方快車，跟著白羅鑽進一樁奇案，一嘗旅程中破解謎題的快感吧。

盧郁佳（作家）

國小時，家裡買了一套阿嘉莎．克莉絲蒂全集，從此成了我的毒品，在白癡課本將我的腦袋啃噬成海綿般空洞時，撫慰受創的心靈，那時我仍對人心險惡一無所知。

數學課教你列算式，樂趣遠不如克莉絲蒂教你住宅平面圖、偷換時序的密室魔術，你從庭園長窗進房間，我從房門直通鄰房，他從走廊進房……從而學會故事是建構邏輯。她文風多變，時而《四大天王》中讓神探白羅向助手海斯汀大賣關子，眉頭緊皺，山雨欲來，預示天翻地覆，只能靠他拯救世界；時而用維吉尼亞．吳爾芙《自己的房間》中俏皮的語言，讓貧苦村姑安妮在《褐衣男子》中回憶南非出生入死的冒險，竟源於她耽讀村裡圖書館爛舊的冒險愛情小說，還有戲院每週末放映〈帕米拉歷險記〉，帕米拉每集從飛機跳落高空、搭潛艇、爬上摩天大樓，每次被黑幫老大抓到總不一刀斃命，卻老要用瓦斯毒死她，暗示續集又會逃出生天。

長大才發現，克莉絲蒂小說就是我的〈帕米拉歷險記〉：它以歌劇般輝煌龐大的天真陰謀、精細的人際觀察（一句話重音放在哪個字、從膝蓋鑑定女人的年齡等），召喚年輕讀者抱持浪漫精神投入未知的壯遊，瘋魔、衝撞、冒犯，傷痕累累毫無懼色。正如瓦斯在冒險片中太多、現實中卻太少；陰謀在現實中沒有克莉絲蒂寫得那麼複雜，但她刻畫的心理卻是現實中解謎的試金石。

賴以威（臺灣師範大學電機系副教授）

或許可以為經典下幾個定義：該領域的愛好者更都讀過；不是這個領域的愛好者，許多人也都聽過；影響後續的作品，在很多著作中都可以看到它的影子；值得反覆再三閱讀，每隔一陣子再讀都可以獲得閱讀的樂趣，有更多的體悟。我永遠記得第一次讀《東方快車謀殺案》時，被那宛如嚴謹設計數學謎題的鋪陳、推進給深深吸引、震撼。從這幾個角度來說，克莉絲蒂的推理小說被稱之為「經典」，可說是當之無愧。

謝哲青（作家、旅行家、知名節目主持人）

克莉絲蒂小說的魅力在於透過每個角色的對白，藉由不斷的說話來表現人物的個性，以彰顯其人格特質中一些無法被忽略的事實。我們從他們的言語、講話的過程和字裡行間，竟然就能知道誰是凶手。

我從克莉絲蒂的小說學到很多，除了推理小說有趣的事實之外，最重要的是，我在工作的職場跟人應對的時候，如何從語言和對話裡去捕捉某些隱而不顯的事實。許多人們欲蓋彌彰的東西，無論心事也好、祕密也好，克莉絲蒂都會用文學的手法，讓你理解語言的奧妙和魅力。

克莉絲蒂的書寫會讓你覺得彷彿自己也在現場，你可以從聽到的對話當中，學會如何理解人心的一些小技巧，這是小說家最出色、最偉大的地方。我們必須學習傾聽別人說話——這些人講話是真誠的嗎？他想要跟你分享什麼資訊？這些資訊可靠嗎？——這是我在閱讀推理小說時，最大的收穫和理解。

阿嘉莎・克莉絲蒂大事記

1890		• 九月十五日出生於英格蘭德文郡托基鎮。
1894	4 歲	• 開始在家自學，父母親、姐姐教導閱讀、寫作、算術和彈鋼琴。
1895	5 歲	• 家中經濟走下坡，舉家搬至法國，學會流利的法語。
1905	15 歲	• 在巴黎寄宿學校學鋼琴和聲樂，但生性極度害羞，未成為職業鋼琴家，最終回到英國。
1907	17 歲	• 陪同母親前往埃及調養身體，對社交活動充滿興趣，但尚未對日後感興趣的埃及古物點燃熱情。 • 回英國後繼續寫作、參與業餘戲劇表演。
1908	18 歲	• 寫出第一篇短篇小說〈麗人之屋〉，同時也寫出第一部愛情小說《白雪黃漠》，以筆名向出版社投稿，但屢遭退稿。
1912	22 歲	• 與英國皇家軍官亞契・克莉絲蒂（Archibald Christie）熱戀。 • 八月爆發第一次世界大戰，亞契奉派到法國作戰。
1914	24 歲	• 耶誕夜結婚，亞契隨即返回戰場。克莉絲蒂參與紅十字會工作，在醫院擔任護士和藥劑師，因此對藥理和毒物非常熟悉，造就後來多部推理小說情節都以毒藥殺人。
1916	26 歲	• 開始嘗試寫推理小說，寫出第一部小說《史岱爾莊謀殺案》，主角偵探赫丘勒・白羅的靈感，來自於大戰期間英國鄉間的比利時難民營。本書歷經數家出版社退稿後，終獲柏德雷・海德（The Bodley Head）圖書公司的出版機會，之後並簽下另五本小說的合約。
1919	29 歲	• 前一年亞契返回英國，八月生下女兒露莎琳。

1920　30 歲　• 出版《史岱爾莊謀殺案》。

1922　32 歲　• 出版第二部小説《隱身魔鬼》，主角是夫妻檔偵探湯米和陶品絲。
• 與亞契至南非、澳洲、紐西蘭、夏威夷和加拿大等國旅行十個月，在南非得到《褐衣男子》的靈感。

1923　33 歲　• 三月出版第三部小說《高爾夫球場命案》，白羅再度登場。

1926　36 歲　• 四月母親過世，克莉絲蒂陷入憂鬱。
• 六月在「威廉．柯林斯父子出版社」出版《羅傑艾克洛命案》。
• 八月亞契因外遇提出離婚，十二月初一次爭吵後，克莉絲蒂離家棄車失蹤，消息登上全國新聞。

1927　37 歲　• 一月在悲痛心情中寫出《藍色列車之謎》，第一次創造出聖瑪莉米德村，即後來瑪波小姐居住的村子。
• 分居期間在雜誌刊登以白羅為主角的短篇小說，後來集結出版《四大天王》。
• 十二月在雜誌刊登短篇小說〈週二夜間俱樂部〉，瑪波小姐初登場，後來收錄在一九三二年出版的短篇小說集《十三個難題》。

1928　38 歲　• 十月正式離婚，仍保留「克莉絲蒂」姓氏。
• 秋天搭乘「東方快車」前往土耳其的伊斯坦堡，再轉往伊拉克首都巴格達，參觀考古現場烏爾，認識考古學家伍利夫婦（Leonard and Katharine Woolley）。

1930　40 歲　• 二月應伍利夫婦之邀再訪烏爾，認識考古學家麥克斯．馬龍（Max Mallowan），九月於英國愛丁堡結婚。這段婚姻開啟克莉絲蒂旺盛的創作生涯，兩人到中東考古現場的旅行為許多作品帶來靈感。

		• 婚後克莉絲蒂開始維持固定的寫作行程。十月出版《牧師公館謀殺案》，是第一部以瑪波小姐為主角的小說。 • 出版第一部以「瑪麗·魏斯麥珂特」（Mary Westmacott）為筆名的《撒旦的情歌》，並陸續發表了五部非犯罪小說。
1932	**42 歲**	• 出版《危機四伏》。
1934	**44 歲**	• 出版《東方快車謀殺案》，是白羅海外辦案三部曲之一，故事靈感來自中東的旅行經歷。一九七四年第一次改編成電影大獲好評。
1936	**46 歲**	• 出版《美索不達米亞驚魂》，白羅海外辦案三部曲之二。
1937	**47 歲**	• 出版《尼羅河謀殺案》，白羅海外辦案三部曲之三，故事背景是年輕時與母親同遊的埃及。一九七八年第一次改編成電影大受歡迎。
1939	**49 歲**	• 二次大戰期間，克莉絲蒂在大學學院醫院擔任義務藥師，學習到最新的毒藥知識，對於推理小說寫作大有助益。 • 出版《一個都不留》，是克莉絲蒂最著名作品之一。
1941	**51 歲**	• 出版《密碼》，呈現出克莉絲蒂對戰爭的看法。 • 出版《豔陽下的謀殺案》。
1942	**52 歲**	• 出版《藏書室的陌生人》、《五隻小豬之歌》等名作。
1944	**54 歲**	• 以「瑪麗·魏斯麥珂特」為筆名出版第三部作品《幸福假面》，被美國書評人發現是克莉絲蒂的作品，讓她從此失去匿名創作的自在樂趣。

1950	60歲	• 獲選為皇家文學學會的會員。
1953	63歲	• 出版《葬禮變奏曲》。
1956	66歲	• 一月獲頒大英帝國爵級大十字勳章（GBE）。 • 十一月以「瑪麗・魏斯麥珂特」為筆名出版《愛的重量》，是這個筆名的最後一部作品。
1958	68歲	• 成為「偵探作家俱樂部」主席。
1960	70歲	• 馬龍獲頒大英帝國爵級大十字勳章。
1961	71歲	• 獲得艾克塞特大學頒發榮譽文學博士學位。
1968	78歲	• 馬龍獲封為爵士，克莉絲蒂亦被稱為馬龍爵士夫人。
1971	81歲	• 獲頒大英帝國爵級司令勳章（DBE），獲封為女爵士。
1973	83歲	• 出版最後一部創作《死亡暗道》，亦為湯米和陶品絲最後一次辦案。
1974	84歲	• 最後一次公開露面，出席電影《東方快車謀殺案》首映會。
1975	85歲	• 八月六日，白羅成為有史以來第一次在《紐約時報》頭版刊出訃聞的小說主角，宣傳九月即將出版的《謝幕》，這也是白羅最後一次辦案。
1976	86歲	• 一月十二日去世。 • 十月出版《死亡不長眠》，瑪波小姐的最後一次辦案。

克莉絲蒂推理原著出版年表

1920 史岱爾莊謀殺案 The Mysterious Affair at Styles（神探白羅系列）
1922 隱身魔鬼 The Secret Adversary（神探湯米＆陶品絲系列）
1923 高爾夫球場命案 The Murder on the Links（神探白羅系列）
1924 白羅出擊 Poirot Investigates（神探白羅系列）
1924 褐衣男子 The Man in the Brown Suit（神探雷斯上校系列）
1925 煙囪的祕密 The Secret of Chimneys（神探巴鬥主任系列）
1926 羅傑艾克洛命案 The Murder of Roger Ackroyd（神探白羅系列）
1927 四大天王 The Big Four（神探白羅系列）
1928 藍色列車之謎 The Mystery of the Blue Train（神探白羅系列）
1929 七鐘面 The Seven Dials Mystery（神探巴鬥主任系列）
1929 鴛鴦神探 Partners in Crime（神探湯米＆陶品絲系列）
1930 牧師公館謀殺案 The Murder at the Vicarage（神探瑪波系列）
1930 謎樣的鬼豔先生 The Mysterious Mr. Quin（神探鬼豔先生系列）
1931 西塔佛祕案 The Sittaford Mystery
1932 十三個難題 The Thirteen Problems（神探瑪波系列）
1932 危機四伏 Peril at End House（神探白羅系列）
1933 十三人的晚宴 Lord Edgware Dies（神探白羅系列）
1933 死亡之犬 The Hound of Death
1934 三幕悲劇 Three Act Tragedy（神探白羅系列）
1934 李斯特岱奇案 The Listerdale Mystery
1934 帕克潘調查簿 Parker Pyne Investigates（神探帕克潘系列）
1934 東方快車謀殺案 Murder on the Orient Express（神探白羅系列）
1934 為什麼不找伊文斯？ Why Didn't They Ask Evans?
1935 謀殺在雲端 Death in the Clouds（神探白羅系列）
1936 ABC 謀殺案 The A.B.C. Murders（神探白羅系列）
1936 底牌 Cards on the Table（神探白羅系列）
1936 美索不達米亞驚魂 Murder in Mesopotamia（神探白羅系列）

1937　巴石立花園街謀殺案 Murder in the Mews（神探白羅系列）
1937　尼羅河謀殺案 Death on the Nile（神探白羅系列）
1937　死無對證 Dumb Witness（神探白羅系列）
1938　白羅的聖誕假期 Hercule Poirot's Christmas（神探白羅系列）
1938　死亡約會 Appointment with Death（神探白羅系列）
1939　一個都不留 And Then There Were None
1939　殺人不難 Murder Is Easy/Easy to Kill（神探巴鬥主任系列）
1940　一，二，縫好鞋釦 One, Two, Buckle My Shoe（神探白羅系列）
1940　絲柏的哀歌 Sad Cypress（神探白羅系列）
1941　密碼 N Or M?（神探湯米＆陶品絲系列）
1941　豔陽下的謀殺案 Evil Under the Sun（神探白羅系列）
1942　五隻小豬之歌 Five Little Pigs（神探白羅系列）
1942　藏書室的陌生人 The Body in the Library（神探瑪波系列）
1943　幕後黑手 The Moving Finger（神探瑪波系列）
1944　本末倒置 Towards Zero（神探巴鬥主任系列）
1945　死亡終有時 Death Comes as the End
1945　魂縈舊恨 Remembered Death（神探雷斯上校系列）
1946　池邊的幻影 The Hollow（神探白羅系列）
1947　赫丘勒的十二道任務 The Labours of Hercules（神探白羅系列）
1948　順水推舟 Taken at the Flood（神探白羅系列）
1949　畸屋 Crooked House
1950　謀殺啟事 A Murder Is Announced（神探瑪波系列）
1951　巴格達風雲 They Came to Baghdad
1952　殺手魔術 They Do It with Mirrors（神探瑪波系列）
1952　麥金堤太太之死 Mrs. McGinty's Dead（神探白羅系列）
1953　黑麥滿口袋 A Pocket Full of Rye（神探瑪波系列）
1953　葬禮變奏曲 After the Funeral（神探白羅系列）

1954　未知的旅途 Destination Unknown
1955　國際學舍謀殺案 Hickory, Dickory, Dock（神探白羅系列）
1956　弄假成真 Dead Man's Folly（神探白羅系列）
1957　殺人一瞬間 4:50 from Paddington（神探瑪波系列）
1958　無辜者的試煉 Ordeal by Innocence
1959　鴿群裡的貓 Cat Among the Pigeons（神探白羅系列）
1960　哪個聖誕布丁？ The Adventure of the Christmas Pudding（神探白羅系列）
1961　白馬酒館 The Pale Horse
1962　破鏡謀殺案 The Mirror Crack'd from Side to Side（神探瑪波系列）
1963　怪鐘 The Clocks（神探白羅系列）
1964　加勒比海疑雲 A Caribbean Mystery（神探瑪波系列）
1965　柏翠門旅館 At Bertram's Hotel（神探瑪波系列）
1966　第三個單身女郎 Third Girl（神探白羅系列）
1967　無盡的夜 Endless Night
1968　顫刺的預兆 By the Pricking of My Thumbs（神探湯米＆陶品絲系列）
1969　萬聖節派對 Hallowe'en Party（神探白羅系列）
1970　法蘭克福機場怪客 Passengers to Frankfurt
1971　復仇女神 Nemesis（神探瑪波系列）
1972　問大象去吧 Elephants Can Remember（神探白羅系列）
1973　死亡暗道 Postern of Fate（神探湯米＆陶品絲系列）
1974　白羅的初期探案 Poirot's Early Cases（神探白羅系列）
1975　謝幕 Curtain: Hercule Poirot's Last Case（神探白羅系列）
1976　死亡不長眠 Sleeping Murder（神探瑪波系列）
1979　瑪波小姐的完結篇 Miss Marple's Final Cases（神探瑪波系列）
1991　情牽波倫沙 Problem at Pollensa Bay
1997　殘光夜影 While the Light Lasts

國家圖書館出版品預行編目（CIP）資料

弄假成真 / 阿嘉莎．克莉絲蒂（Agatha Christie）著 ; 曾胡譯. -- 二版. -- 臺北市 : 遠流出版事業股份有限公司, 2023.04
面； 公分. -- (克莉絲蒂繁體中文版20週年紀念珍藏 ; 28)
譯自 : Dead Man's Folly
ISBN 978-626-361-006-4(平裝)

873.57　　112002182

克莉絲蒂繁體中文版 20 週年紀念珍藏 28

弄假成真

作者 / 阿嘉莎．克莉絲蒂
譯者 / 曾胡

主編 / 陳懿文、余式恕　校對 / 呂佳真
封面、內頁設計 / 謝佳穎　排版 / 連紫吟、曹任華
行銷企劃 / 舒意雯　出版一部總編輯暨總監 / 王明雪

發行人 / 王榮文
出版發行 / 遠流出版事業股份有限公司
地址 / 104005臺北市中山北路一段11號13樓
電話 / (02)2571-0297　傳真 / (02)2571-0197　郵撥 / 0189456-1
著作權顧問 / 蕭雄淋律師

2002年11月1日 初版一刷
2023年4月1日 二版一刷
定價 / 新臺幣380元 (缺頁或破損的書，請寄回更換)

ISBN 978-626-361-006-4

遠流博識網 http://www.ylib.com　E-mail: ylib@ylib.com
遠流粉絲團 https://www.facebook.com/ylibfans